Por las carreteras

Sylvain
Prudhomme

POR LAS CARRETERAS

Traducido del francés por M.ª Dolores Torres París

AdN Alianza de Novelas

Título original: *Par les routes*

Diseño de colección: Estudio Pep Carrió

PAPEL DE FIBRA
CERTIFICADO

Madrid, 2020
Calle Juan Ignacio Luca de Tena, 15
28027 Madrid
www.AdNovelas.com

ISBN: 978-84-9181-841-0
Depósito legal: M. 7.776-2020
Printed in Spain

El tiempo va y viene y gira
Por años, meses y días.
Y, ay de mí, no sé qué diga:
Pues uno es mi deseo y no vira.

Bernart de Ventadorn

1

Me encontré de nuevo con el autoestopista hace seis o siete años, en un pueblecito del sudeste de Francia, después de más de tres lustros durante los cuales, sin haberlo olvidado por completo (el autoestopista no es de la clase de hombres que se olvidan), al menos había dejado de pensar en él con tanta frecuencia como en el pasado. Lo llamo el autoestopista porque es así, con ese sobrenombre que jamás existió salvo para mí, cuando en mi fuero interno lo interpelaba, como no ha dejado de aparecérseme tanto a lo largo de los años en los que conviví con él como a lo largo de aquellos en los que, alejados uno del otro, seguí recordándolo de vez en cuando como un punto de referencia; las gentes del mar tienen para este concepto una palabra que me encanta, una voz polisémica a cuya ambigüedad no le añaden ninguna connotación inquietante: una marca.

Acababa de mudarme a V. cuando me enteré de que él también vivía allí.

Yo había dejado París para emprender una nueva vida. Quería cambiar de aires a toda costa. Destrucción, reconstrucción: era mi programa para los días y tal vez los años venideros.

Estaba a punto de cumplir los cuarenta. Hacía años que me dedicaba a escribir. En París trabajaba en casa, salía, volvía al trabajo. Iba a las cosas, las cosas venían a mí. Conocía gente. Algunos acababan siendo mis amigos. Me enamoraba. Me desenamoraba. No sé si la inclinación natural de la vida es estar solo al principio, ser independiente, nómada, y luego, poco a poco, atarse, establecerse, fundar una familia. Si es así, yo retrocedía. Iba cada vez menos lejos. Mis historias de amor se acortaban. Escaseaban. Duraban menos que antes. O tal vez fuese que con el tiempo me volvía menos paciente, menos capaz de ocuparme de los demás.

Quizá me hubiese vuelto perezoso. O simplemente me interesaba menos el amor.

El aislamiento no me asustaba. Siempre he tenido, en la soledad, intensos momentos de alegría, que alternaban por supuesto con intensos momentos de tristeza, pero, de todas formas, soy de una naturaleza en conjunto propensa a la felicidad.

Me gusta y temo a la vez la idea de que existe una línea de sombra. Una frontera invisible que pasamos hacia la mitad de la vida, más allá de la cual no *devienes,* simplemente *eres.* No más promesas. No más especulaciones sobre lo que emprenderemos o no emprenderemos mañana. El terreno que llevaba implícito el recurso de explorar, la envergadura del mundo que éramos capaces de abrazar, lo reconocemos ahora que la mitad de nuestro plazo ha transcurrido. La mitad de nuestra existencia se ha desarrollado, se ha quedado atrás, contando quiénes somos, quiénes hemos sido hasta ahora, lo que hemos sido capaces de arriesgar o no, lo que nos ha afligido, lo que nos ha entusiasmado. Podemos pregonar a los cuatro vientos que la muda no ha terminado, que mañana seremos otro, que el o la que realmente somos está por llegar, cosa cada vez más difícil de creer, e incluso si tal cosa sucediese, la esperanza de vida de ese nuevo ser va disminuyendo día a día, mientras va aumentado la edad del antiguo, el que hemos sido durante años, sin importar lo que pase ahora.

Contaba con llevar una vida tranquila en V., de recogimiento y estudio. Soñaba con una vida reposada, luminosa. Con una existencia más verdadera, llena de inspiración, de fluidez. Con un libro que llegaría de golpe, en unas pocas semanas. Con un fogonazo que estallaría allí de repente, como recompensa a meses y meses de paciencia. Estaba listo para recibirlo. Me gusta la idea del laboreo. Me rindo a la obstinación, a la tenacidad, a la entereza.

Había elegido V. porque era una villa pequeña. Porque decían que era bonita, vivible. Porque allí solo tenía dos o tres conocidos, cuyo trato me sería grato sin demasiado costo: un primo, profesor de instituto, a quien estimaba sin haberlo tratado mucho, y amigos de amigos que nada me obligaba a frecuentar.

Me acordaba de dos o tres estancias que había hecho allí, algún fin de semana ocasional, en verano, en una época en que sabía que el pueblo, totalmente volcado en el bienestar de los veraneantes, mostraba solo una de sus caras, la más atractiva, la más cómoda. Quería ver la otra. La de las largas noches de invierno. La de los cielos azules y helados de enero. Había visto las terrazas abarrotadas, las fachadas con las ventanas abiertas de par en par, y me había preguntado: ¿Y dentro de tres meses, cuando todos se hayan ido, cuando estén bajo cero y la luz desaparezca de las plazuelas desiertas y los bares cerrados?

Ansiaba esa calma. Me parecía que en V. sería capaz de encontrar la concentración, la ascesis que desde hacía años me faltaban. La dosis necesaria de aislamiento que me permitiría por fin levantarme, volver a empezar, quizá renacer.

2

Habrían podido pasar varios meses sin encontrarme con el autoestopista; ninguna ley dicta que dos habitantes de una misma localidad, por pequeña que sea, hayan de cruzarse enseguida.

Y, sin embargo, bastaron unas pocas horas.

Llegué a la estación de V. en torno al mediodía, equipado solo con un par de mochilas llenas de libros y ropa. Hacía buen tiempo, era a principios de septiembre. Los plátanos comenzaban a perder sus hojas. Se desprendían una a una, caían como grandes virutas de madera hasta tocar el suelo con un roce sonoro. Luego crujían contra el pavimento con cada soplo de viento.

Caminé hacia el centro, bordeando el muro del patio de un colegio desde donde subían los gritos del recreo. Había quedado con el dueño del apartamento alquilado por Internet. Revisamos el estado del inmueble, le señalé una o dos grietas en el techo, resolvimos la cuestión de las transferencias mensuales, fuimos a tomar algo a la terraza más cercana y luego el hombre me entregó las llaves y lo vi desaparecer al final de la calle.

Regresé al apartamento. Empujé la puerta, contemplé mis nuevas paredes. Dos habitaciones, cuyo parqué, en las fotos publicadas en Internet, me había parecido acogedor. Dos estancias que ahora me parecían, sobre todo, de techo excesivamente bajo.

Miré las paredes verde almendra —las he pintado yo, me había dicho el propietario al enseñármelas, contándome orgulloso que, para conseguir ese verde, había tenido que encargarlo a una marca londinense—. Miré la lámpara suspendida sobre la mesa a la altura de mi cabeza. Las molduras anticuadas en el techo. Las pesadas cortinas. El viejo sofá desfondado en un hueco de la pared, lejos de la única ventana.

Pensé: Vuelvo a ser un estudiante.

Sonreí.

Dejé mis cosas en un rincón, me puse manos a la obra, hice una limpieza rápida y, mucho más rápido que nunca, las llamadas de costumbre: electricidad, gas, conexión a Internet.

Salí a hacer algunas compras: café, pasta, aceite de oliva, vino.

Ya de vuelta, miré de nuevo las paredes inmóviles, las cortinas inmóviles, la lámpara y la mesa inmóviles. Sentí el bloque de silencio entre las paredes. Oí crujir el parqué bajo mis pies. Dejé las compras junto al fregadero. Me alegró hacer ese gesto: posar las compras en la encimera de una nueva cocina. Oí la botella de aceite de oliva en el fondo de la bolsa golpear suavemente contra la encimera. Reconocí ese ruido familiar, el choque de la bolsa de la compra contra la encimera de una cocina. Mi cocina.

Pensé: Aquí estaré bien.

Rebusqué en el cajón hasta encontrar un cuchillo. Pelé varios dientes de ajo, los fileteé y los puse a dorar en aceite de oliva. El olor ascendió. Cocí la pasta, la escurrí y la mezclé en la sartén con el ajo y el aceite. Vi sus largas trenzas retorcerse. Esperé a que se salteasen, a que el aceite y el ajo las impregnaran a fondo, a que estuvieran crujientes como ramitas.

Arrimé la mesa a la ventana. Me senté. Comí. Rebañé hasta el último trocito de ajo frito del fondo de la sartén. Puse el café al fuego.

Luego, sin dilación, me volqué en el trabajo.

Que mi nueva vida no espere.

Permanecí delante del ordenador hasta la noche, tenso, en forma, feliz.

Pensé: Aquí aprovecharé el tiempo plenamente. Aquí cada semana me cundirá como un mes.

En torno a las seis de la tarde recibí una llamada de mi primo Julien, al que le había dicho que llegaría ese día. Me invitó a una fiesta que celebraba en su casa.

Pensé: No

Ya no.

Dije que sí.

Volví al trabajo.

Hacia las nueve me di una ducha y cogí en la cocina la botella de vino que acababa de comprar.

Fuera, me encontré con la noche de septiembre, las calles desiertas, solo algunos restaurantes abiertos todavía. El viento arreciaba, hacía frío. Miré las tiendas con las rejas echadas, las casas con las ventanas iluminadas aquí y allá, los reflejos azules y verdes de un televisor en el techo de un primer piso. Por la ventana de una planta baja vi a una familia sentada a la mesa para cenar.

Llegué ante una casa iluminada. A través de las ventanas vi siluetas de pie en la cocina y el salón y oí la música a todo volumen. Mi primo Julien vino a abrirme.

¡Sacha!

Me abrazó.

¡Cuánto me alegro de que hayas venido!

Me llevó al salón, me presentó a su compañera, Anissa. Bajó la música para anunciar alegremente mi nombre a los invitados.

Mi primo Sacha. Hacedme el favor de darle la bienvenida.

En un abrir y cerrar de ojos me encontré con un vaso de tinto en la mano, charlando con Anissa y Jeanne, una compañera de instituto de Julien. Les conté mi primer día en la ciudad, mi llegada a la estación con mis dos mochilas de libros y ropa. Mi estudio de dos habitaciones con las paredes verdes. Mi pasta con ajo frito en la sartén.

Se rieron.

Te invitaremos de vez en cuando a cambiar de pasta, dijo Anissa.

Noté que Jeanne conectaba conmigo, que el relato de mi llegada solitaria le había hecho gracia. Supuse que también vivía sola. Anissa nos dejó. Jeanne me contó su llegada a la población cuatro o cinco años antes, tras su primer destino cerca de Brest. Le dije lo que me había traído aquí. Mi deseo de hacer *tabula rasa,* de concentración, de calma.

Vaciamos y volvimos a llenar nuestros vasos. Me preguntó de qué trataba el libro que pensaba escribir.

Y luego no sé qué pasó por su cabeza, qué pude haber dicho para que se le ocurriera aquella idea.

¡Ah, pues hay alguien en V. a quien tengo que presentarte, alguien con quien te vas a entender de maravilla! Ya verás, es divertido, un poco loco, también le encantan los libros. Se vino a vivir a V. hace unos cuatro años.

¿Cómo adiviné que era él? Tal vez el calificativo de un poco loco o la mención del reciente traslado.

Sentí la sangre latiendo en mis venas.

Tenéis que conoceros, porque sois tal para cual, repitió Jeanne.

Y entonces dijo su nombre.

Permanecí tan impasible como pude. Ella no se dio cuenta. No sospechó ni por un segundo la turbación que me había provocado.

Tienes que conocerlos a los dos. A su compañera y a él. A los tres. Tienen un hijo pequeño. Son geniales.

No dije nada. Dejé que mi mente procesase aquellas noticias. El autoestopista aquí, cerca. El autoestopista en pareja. Padre de un niño.

En ese momento apareció Julien.

A ver, primo, ¿te están tratando bien?

Vio a Jeanne a mi lado. Sacó una cajetilla de tabaco y me preguntó si alguien me había enseñado la terraza. Subimos los tres por una pequeña escalera empinada, pasamos el primer piso, el segundo y salimos a la noche, en lo más alto. Desde la terraza miramos los tejados de las casas aledañas, las ramas de un plátano cercano, las estrellas sobre nuestras cabezas, el agua negra del río.

No estáis nada mal aquí, le dije a Julien después de un silencio.

Asintió suavemente.

A ti también te encantará V., ya verás.

¡Por ti, Sacha!, dijo Jeanne alzando su copa. ¡Por tu llegada!

Brindamos los tres.

Miré la luna sobre los tejados. Escuché el ruido de la fiesta en la planta baja.

Pensé en el autoestopista. En la fábula que me había venido a la memoria un día, justo antes de pedirle que saliera de mi vida: la olla de hierro que no quiere dañar a la olla de barro, que incluso le desea sinceramente el bien, y que, sin embargo, con un falso movimiento, la hace añicos. La olla de barro que un día, después de haber caminado demasiado con la olla de hierro, se rompe.

Hay dos opciones frente al destino: agotarse luchando en contra o ceder ante él. Aceptarlo feliz, seriamente, como una zambullida desde un acantilado. Para bien o para mal.

Así sea, dicen más o menos todas las religiones, y en ese asentimiento hay una fuerza que siempre me ha fascinado.

Amén.

Amin.

Porque es necesario.

Porque, de todas formas, tiene que ser así.

3

Lo llamé al día siguiente por la mañana. En el teléfono se produjo un silencio.

¡Sacha!

Le dije que estaba allí. Que acababa de instalarme en V.

Enmudeció un momento.

¡Tú aquí, es increíble!

Nos quedamos callados, sin decir nada, esperando los dos. No habíamos vuelto a vernos ni a dirigirnos la palabra desde hacía casi veinte años.

Ven, dijo simplemente.

¿Cómo?

Vente ahora mismo. Pásate por casa. ¿Por qué esperar?

Su voz no había cambiado. A pesar de la sorpresa, era tranquila.

Ven, Marie y Agustín están en casa, es domingo, verás a todo el mundo.

Dejé el teléfono en un taburete. Miré las paredes verdes que me rodeaban. Pensé que debía comprar sillas, que las dos que había allí no serían suficientes durante mucho tiempo, por muy solitaria que fuese mi nueva vida.

Vi la luz de la mañana entrar por la ventana, caer sobre el parqué y formar una gran mancha dorada. Miré la capa de polvo que no había visto la víspera, demasiado ansioso por ponerme a trabajar. Me agaché para pasar el dedo por el zócalo. La yema del dedo índice se cubrió con un dedil negro. Encontré un aspirador en el chiribitil dispuesto bajo la escalera. Bajé a comprar lejía, limpiacristales, bolsas para la aspiradora, esponjas, una fregona. Aspiré. Fregué. Froté. Enjuagué. El piso empezó a oler a limpio.

Eché un vistazo al ordenador abierto sobre la mesa desde el día anterior.

Me dije que trabajaría más tarde.

Por la ventana recién limpia observé el piso de enfrente, las ventanas abiertas sobre un pequeño escritorio esquinado, las paredes blancas, los estantes llenos de libros.

Me dije que debía de ser un cuarto donde se trabajaba a gusto, y los vecinos de enfrente tenían que ser agradables para querer así los libros.

Hice café. El aroma de la cafetera se mezcló con el olor de la lejía. Me pregunté si se produciría una reacción química, si el olor a lejía tendría el poder de cambiar el sabor del café. Me serví el café en una taza grande y la acerqué a los labios. Noté un sabor extraño. Bebí un segundo sorbo, luego el tercero. Ya no olía a lejía.

Abrí las dos mochilas, saqué mi ropa: dos vaqueros, tres camisetas, una camisa, unos cuantos calzoncillos, varios pares de calcetines y para de contar. La coloqué en la única estantería del apartamento, bien a la vista. Lista para usar, como hago cuando paso varios días en un lugar extraño, casa de amigos o cuarto de hotel. Me congratulé con la reducción de mi armario a lo esencial. Vi en ello un signo de que estaba en el buen camino. En ruta hacia la vida que quería. Recogida. Sobria. Intensa.

Volví a bucear en las mochilas, extraje la veintena de libros que traía conmigo. *Corrección* de Thomas Bernhard. *Historia abreviada de la literatura portátil,* de Vila-Matas. *Las Geórgicas* de Claude Simon, en mi opinión, el libro más completo jamás escrito, el más densamente vivo, lleno hasta la saturación de trenes inmóviles en invierno y de explosiones de obuses y de campos de trigo ondeantes y horas de espera nocturnas en caballos ateridos de frío. *El coronel no tiene quien le escriba* de García Márquez, en el que un anciano que vive en la miseria espera una pensión por sus servicios que nunca llega, y mientras tanto prefiere morir de hambre antes que renunciar al único orgullo que le queda: su gallo de pelea. *Pour un Malherbe* de Francis Ponge, al que recurro los días de desaliento para sentirme fortalecido, lleno de decisión, de fe: «Fuimos al mar (a 13 kilómetros de Caen): constatamos su humor fuerte y amargo y cómo las plantas de las dunas resisten con ira contra el viento, aferradas únicamente a la arena. Somos al mismo tiempo el mar y las dunas, y muy capaces de hacer lo mismo. Aprovecharemos nuestra ira del 1 y 2 de octubre para hallar el tono necesario para tomar la palabra y mantenerla. Perdidos entre la multitud. Los que viajamos en tercera. Los que no sabemos cómo vivir y no tenemos el gusto de la bohemia».

Los coloqué uno por uno en la estantería, a la altura de los ojos, bien a la vista. Que cada vez que pase por delante me golpeen con toda su fuerza de evocación, de punzada, de conminación a la exigencia y al trabajo.

Acabé de vaciar mi equipaje. Vi todas mis pertenencias extendidas ante mí, ordenadas, listas para usar, voluntariamente reducidas a la estricta necesidad, semejantes al instrumental de un cirujano antes de la operación. Pensé: Se ve mejor en lo poco. Se vive mejor. Te mueves mejor, imaginas mejor, decides mejor. Paladeé la idea de que ahora mi vida estaba allí. El fárrago de mis cuarenta años de existencia reducido a un puñado de objetos en una estantería.

Cogí el mapa de Francia que llevo conmigo a todas partes y lo clavé en la pared. Rehíce sobre el plano el camino recorrido el día anterior en tren: París en la convergencia de todas las carreteras, el valle del Ródano descendido, las zonas de verde, amarillo y naranja atravesadas en unas pocas horas a bordo del tren de alta velocidad, hasta el punto aislado de V.

Pensé: Ahora estás ahí. Vives en ese minúsculo punto del mapa. En alguna parte del negro de este punto llamado V. está el punto infinitamente más pequeño de tu cuerpo.

Y luego me sobrevino otro pensamiento: En algún lugar en ese punto también está el punto del cuerpo del autoestopista. Dejé mi mirada recorrer el resto del mapa, abrazar áreas enteras de vacío, pasear entre los miles de puntos donde podríamos haber decidido irnos a vivir tanto uno como otro. Pensé que era de locos. Que se precisaba un azar extraordinario para que los dos nos encontrásemos aquí. Tal vez algo más que el azar. Me puse en la piel del autoestopista. Consideré lo que debió de haber pensado al enterarse de que estaba aquí. Era impensable que no hubiese pensado que había venido a buscarlo. Que este traslado lo hacía *por él*.

Pensé en Lee Oswald desenfundando su rifle en el último piso del edificio desde donde va a disparar contra Kennedy. En todos los sicarios en las horas previas al asesinato que van a cometer. En su calma. En la precisión de sus gestos. En el cuidado puesto para elegir el punto de acecho, para ordenar sus asuntos, preparándolo todo para que, llegado el momento, *las cosas salgan a pedir de boca*.

Vive, me decía siempre el autoestopista. Vive y luego escribirás.

No te pierdas este hermoso día de sol, cada vez que me veía delante del ordenador. Y, aunque no se atreviese a decírmelo, yo me daba cuenta de que lo pensaba. Y sus actos también me lo decían. El baño que él se iba a dar y yo no. El paseo del que él volvía y yo no. La de gente que conocía en el bar y yo no.

Apuré el café. En la estantería vi un volumen que había metido en la mochila en el último momento. Un librito que recuperé al vuelo justo antes de mi partida, gracias a los días que pasé vaciando las estanterías de mi cuarto parisino, cuyo título rezaba: *Auto-Stop. (Guía práctica y humorística del auto-stopista)*. Lo cogí del estante. Hojeé las primeras páginas. Texto de Yves-Guy Bergès, dibujos de Sempé. Me acordé del librero de viejo al que se lo había comprado, veinte años antes, en el mercadillo de una plazuela del sur de París.

Vuelvo a verme con mi trofeo en la mano, mostrándoselo al autoestopista. Recuerdo la acogida que le había dado al libro, la sonrisa de superioridad que esbozó aquel joven de veinte años.

¡Un libro sobre autoestop! ¿Y por qué no un libro sobre cómo caminar o un libro sobre la forma correcta de acostarse para conciliar el sueño?

Lo hojeé de nuevo. Admiré su delicioso exergo: «A la Sociedad Nacional de Ferrocarriles de Francia, como testimonio de afecto y simpatía». Dejé que mis ojos vagasen al capricho de las páginas, atrapando aquí y allá un pasaje: «Permítaseme afirmar que, personalmente, adoro a los automovilistas; a lo largo de mi vida he consumido más de tres mil». Descubrí la historia de El Pulgar, asociación parisina que al final de la década de 1950 había concebido el halagüeño proyecto de facilitar, por medio de un sistema de anuncios por palabras, acuerdos entre autoestopistas y automovilistas, ni más ni menos que un precursor de los actuales sitios de coche compartido.

Sentí que mi vergüenza se desplazaba, cambiaba de objeto. Mi vergüenza pasada dio paso a una vergüenza presente: la de haberme sonrojado una vez por un libro estupendo como aquel; la de haber temido hasta ese punto el juicio del autoestopista. Me pregunto si hoy no sería el primero en disfrutarlo.

Me puse el libro bajo el brazo y salí.

4

Fuera, la plaza estaba desierta. Las mesas metálicas del bar de la Fontaine brillaban. Las hojas de los plátanos alfombraban el asfalto, aplastadas por la lluvia de la noche, reducidas a cartón mojado, sordo bajo la suela. Había refrescado, me sentí bien. En los reposabrazos de los asientos de aluminio brillaban las gotas de lluvia. La lona de las sombrillas cerradas tremolaba. Las nubes eran blancas. La luz rebotaba, irradiaba de todas partes a la vez. Las tapas del alcantarillado relucían. Los troncos de los plátanos estaban oscuros, los mojones lavados por la gran colada del otoño.

Caminé calle abajo. Pasé ante las tiendas cerradas. Reconocí a lo lejos el ajetreo de la panadería, las idas y venidas entre las puertas de cristal automáticas, el baile de clientes cargados de baguetes y cruasanes. Entré en la atmósfera cálida y olorosa. Compré una *fougasse* de aceitunas. Caminé con aquella raqueta de masa ligera y vasta delante de mí. Sentí su olor grasiento, casi repugnante. Observé los miles de hojitas de tomillo incrustadas en la masa, las manchas de aceitunas negras apelmazadas, casi confitadas. El papel de estraza ya empapado en aceite.

Llegué frente a la casa del autoestopista. Vi la modesta callejuela. La guardería enfrente. La puerta de entrada de la casa, de madera, protegida con una verja antiestética. Llamé al timbre. La puerta se abrió. Surgió la cabeza de un niño de ocho años, tal vez nueve, nunca he sido muy bueno adivinando la edad de los niños. Pelo negro. Ojos negros, como su padre. Quise tirar de la verja todavía cerrada. Nos quedamos mirándonos, el niño y yo, a cada lado de los barrotes metálicos.

Hola.

Hola.

¿Cómo te llamas?

Agustín. ¿Y tú?

Sacha.

El niño se giró y llamó a su padre.

Vi la silueta del autoestopista acercándose por el pasillo. Su rostro me sonreía.

Señaló la verja.

Lo siento, esta mañana no hemos salido todavía.

Dio dos vueltas en la cerradura. Tuve tiempo de mirarlo. De ver bien su rostro. La cabeza ligeramente envejecida. Los rasgos imperceptiblemente hundidos. Más viriles. Los pómulos y las aletas de la nariz más prominentes. La frente más ancha. Aspecto más varonil. Vestido sin afectación, como siempre se había vestido, un simple vaquero, jersey de cuello abotonado, sobria elegancia.

Hola, Sacha. Pasa.

El niño se colgó a media altura de la verja y se entretuvo balanceándose sobre sus goznes, de la puerta a la pared y vuelta a empezar.

Venga, Agustín, adentro.

El niño se hizo el sordo.

Venga, Agustín, entra ya.

Esta vez obedeció y el autoestopista posó una mano en sus cabellos mientras se colaba entre nosotros para reanudar sus juegos en el salón.

¡Anda que no ha llovido desde la última vez que nos vimos!

Dejé que mis ojos se paseasen al azar por los dibujos clavados en la pared. Algunos infantiles, de dragones, volcanes, mundos subterráneos repletos de túneles, escalas de cuerda, grutas. Otros de adultos. Me detuve delante de una araña dibujada con tinta china en las páginas de un libro con caracteres apretados.

¿Y tú qué? ¿Tienes hijos?

Me encogí de hombros con una sonrisa.

Ni hijos ni verdadero amor desde hace tiempo. ¡Un desastre!

Se rio.

Ven que te presente a Marie.

Me llevó hasta la cocina. Desde la ventana se veía el jardín. Los viejos muros de piedra. Los dos cipreses. El oscuro follaje del seto de lauroceraso. La copa de dos grandes rosales blancos cerca de la ventana, erizados por la lluvia, los pétalos rebosantes de gotas de agua, las hojas brillantes.

Es precioso, dije.

Ya estaba así cuando llegamos. A la anterior inquilina la volvían loca las plantas.

Me percaté de que lo decía para que escuchase la palabra *inquilina*. Para que no hiciese suposiciones equivocadas.

Caminó unos pasos por el jardín y levantó la cabeza hacia la ventana por encima de nosotros. Seguí su mirada y vi a Marie, sentada en el primer piso, en un pequeño escritorio frente a la ventana.

Marie, te presento a Sacha.

Marie bajó la pantalla del ordenador para inclinarse hacia nosotros por la ventana. Me sonrió.

Hola, Sacha. Haceos un café, yo voy enseguida, casi he acabado. Quince minutitos.

¿Un café o un garbeo?, propuso el autoestopista mirando al cielo. Parece que despeja. Vamos a dar un paseo. Agustín, ¿qué te parece si le enseñamos el canal a Sacha?

El niño se puso los zapatos y salimos los tres.

Caminamos por las callejuelas hasta el bulevar, pasamos por debajo de las vías del tren, continuamos por el otro lado a lo largo de un pequeño canal, en una urbanización de antiguos chalés, la mayor parte rodeados de jardines con árboles ya altos.

Poco a poco las casas se fueron espaciando. Pasamos junto a un campo de fútbol y salimos de la ciudad. El canal se ensanchó. El camino se hizo vereda. Bajo nuestros pies, la grava dejó paso a los hierbajos, a la tierra, a algunos charcos fangosos. En torno a nosotros el paisaje se abrió. Jardines. Huertos. Campos en barbecho que la ciudad, tal vez un día, se tragaría a su vez.

Agustín descubrió un hormiguero, perturbado por la lluvia caída durante la noche. Se inclinó sobre él y comenzó a hurgar en la entrada con una pajita.

¿Estás a gusto aquí?, le pregunté al autoestopista cuando nos habíamos adelantado diez metros.

Asintió, mirando al horizonte.

En conjunto, sí.

Vuestra vida parece estupenda.

Dijo que sí.

Eso no quiere decir que no haya ocasiones en las que uno se asfixie, en las que querría cambiar, irse, como todo el mundo. Pero en conjunto estamos bien.

Las cañas cubrían el agua en aquel tramo del canal. Grandes libélulas iban y venían a flor de agua, se posaban un instante sobre una gruesa vara y despegaban de nuevo, las alas azules zumbaban en el silencio. Aquí y allá flotaban botellas de plástico entre las plantas.

Miramos hacia atrás y vi a Agustín con la pierna en alto dirigida hacia un punto en la hierba.

¿Qué está haciendo?

Vi al niño estirar el pie, acercarlo a una planta y dar un respingo al oír el ruido de una explosión.

¿Qué es eso?

Bombas de semillas, dijo el autoestopista. No sé su nombre, pero verás qué divertido.

Buscó un bulbo muy hinchado y lo rozó con su zapato. El saquito explotó con un petardeo, proyectando las semillas sobre nuestras cabezas.

Se rio a mandíbula batiente.

¿Has visto? ¡Es una pasada!, volvió a reírse. ¡Y eso que ha llovido! Normalmente estalla con más fuerza.

Lo miré, un niño a punto de cumplir los cuarenta, y después de todos estos años seguía divirtiéndose incansablemente. Pensé que en el fondo lo encontraba igual a sí mismo. Inquilino de una casa. Basta de apartamentos. Convertido en padre. Pero seguía derrochando aquel mismo talante felizmente impulsivo, entrañable e imprevisible al mismo tiempo.

Reanudamos la caminata los tres. La población se alejó. El olor a tierra, a hierba empapada, se hizo más fuerte. Al girarme vi alzarse las torres del pueblo. La del palacio arzobispal. La del viejo instituto. La de la Fundación en construcción, rutilante, desmesurada, ahí para siempre.

Noté su vacilación.

Leí tu último libro.

Lo dijo en un tono alegre, sinceramente amistoso.

Mi corazón se puso a latir alocadamente, como si esperase la cuchilla a punto de abatirse.

Es bueno. Muy bueno. Me encantó.

Respiré. Le di las gracias. Esperé a ver si continuaba, si añadía un pero que en tres palabras aniquilase la benevolencia del primer veredicto.

El pero no llegó.

Marie también lo ha leído. Me parece que tenemos todas tus novelas. Estamos pendientes de cuando salen. Siempre me pregunto cómo lo haces. Yo soy incapaz de escribir. Ponerme frente a una mesa, quedarme durante horas tecleando en un ordenador, sacar todo eso de mí. Recuerdo que ya entonces te veía trabajar durante horas sin levantarte y me decía: Está como una cabra. Consciente de que eso era inalcanzable para mí, de que todo mi cuerpo lo rechazaba. Te envidiaba.

Sacudí la cabeza para protestar. A lo lejos el motor de un tractor se puso en marcha. Lo vimos surcar una punta de llanura en el horizonte, tropezar a veces en un surco, alejarse cada vez más, saltamontes de erráticas sacudidas.

¿Y tú?, dijo el autoestopista.

¿Yo qué?

¿Cómo te va? ¿Eres feliz?

Me sentí desarmado, incapaz de responder.

Dije que sí. Bastante feliz, creo que sí.

Lo vi asentir, alegrarse sinceramente por mí. Como si mi respuesta le bastase. Como si no dudase de que fuese verdad.

Creo que es difícil estar seguro de ello, sonreí.

Sí, todas estas palabras son un poco estúpidas. Feliz, infeliz, lo siento…

Son un poco estúpidas y, al mismo tiempo, a veces lo sabemos.

Estoy de acuerdo contigo, dijo al cabo de un rato. Lo sabemos.

Me di cuenta de que mi frase le afectaba, de que lo reflejaba a él bastante más de lo que yo hubiese querido.

Me giré, observé las torres del pueblo ahora a lo lejos. Increíblemente lejos, tras veinte minutos de caminata.

Agustín corrió hacia nosotros.

¡Papá, mira!

Abrió la palma de la mano, mostrando un enorme saltamontes.

Miré al insecto, sus patas, su enjaezamiento de espinas, de antenas, de élitros, posado en la palma de aquel niño de nueve años, sin pizca de miedo.

¿Puedo llevarlo a casa?

Como quieras, Agustín.

Pensé que casi siempre había oído al autoestopista decir que sí. Sí a todo. A las invitaciones. A las citas. Pensé que el no también era bueno. Que yo nunca podría haber escrito si siempre hubiera dicho que sí.

Se hizo un silencio. Saqué del bolsillo el manual de autoestop.

Toma. Lo encontré en un estante al vaciar mi apartamento.

Cogió el libro. Lo hojeó. Sonrió al encontrar un pasaje donde el autor comparaba el autoestop con la pesca de caña: «Paciencia similar, igual delicadeza en el movimiento de muñeca, la misma ausencia de brusquedad, semejante gozo en las capturas».

Leyó en voz alta: «Hay carreteras donde abunda el Cadillac, y ríos ricos en lucios».

Nos reímos. Quiso devolverme el libro. Aparté su mano.

Quédatelo, es para ti.

¿Estás seguro?

En recuerdo de las veces que nos fuimos juntos.

Me dio las gracias asintiendo con la cabeza.

Me pregunto si hoy todavía funcionarían todos esos trayectos en autostop.

Pues claro que funcionarían, dijo con aplomo.

Y luego, después de un momento: Funcionan todavía.

Lo miré de frente para entender lo que quería decir.

¿Sigues haciéndolo?, le pregunté.

De vez en cuando, dijo en un tono tranquilo. No cuando salimos los tres, evidentemente, tenemos el coche de Marie. Pero a veces me voy solo.

Se giró, vio a Agustín a más de cien metros y lo llamó con las manos en forma de bocina: ¡Agustín! Aguardamos a que el niño llegase a nuestra altura, revoloteando como un gorrión, deteniéndose aquí y allá para atrapar un guijarro o un caracol.

Reanudamos la marcha. Esperé a que prosiguiese, seguro de que la conversación no se quedaría ahí.

Funciona incluso mejor que antes. En contra de lo que se piensa, las condiciones nunca han sido mejores: más vehículos, más cómodos, más rápidos. Y la desaparición casi total de la competencia.

Me fijé en su expresión. Sonreí al leer en ella la misma picardía de antaño.

Lo más curioso es que incluso los conductores que paran para llevarme lo ponen en duda. Estoy en su coche y me preguntan muy serios: Pero ¿todavía funciona el autoestop?

Se agachó para recoger el caparazón vacío de un caracol, sopló dentro y se lo metió en el bolsillo.

¿Y adónde vas?, le pregunté. Cuando sales, ¿adónde vas?

Esbozó un gesto dubitativo.

Habitualmente, hago el viaje de ida y vuelta a París. O a Lille. A Brest. A Besançon. Procuro variar.

¿Y siempre tienes cosas que hacer en esos sitios?

No necesariamente, dijo encogiéndose de hombros. A veces sí, a veces no. Cojo la autopista y voy de un área de servicio a otra. Les digo la verdad a los automovilistas: que en realidad me da igual llegar a cualquier sitio. Que me da lo mismo París que Lille o Brest. Que lo hago por placer.

¿Por placer?

Supongo que será eso. Porque tengo mono. Porque regularmente me entran las ganas de volver a salir.

Traté de imaginármelo, un autoestopista de cuarenta años, en las carreteras por gusto, con el pulgar estirado al lado de los surtidores de gasolina en un área de servicio de una autopista de Champagne o de Borgoña.

Y cuando les dices eso, ¿qué responden?

Hay quien lo toma a broma y quien se cree que es un farol. Algunos me toman por un lunático.

Y habrá quien crea que se las tiene que ver con un psicópata, me reí.

Algunos, sí.

Nos quedamos callados un momento.

¿Y no te piden que te bajes?

No se lo digo de sopetón. Dejo que arranquen. Espero a que hayan dejado el área de la autopista y echado el seguro. Que se pongan de nuevo a 130 por hora, con los campos que desfilan, la cuneta que corre, los carteles azules que se precipitan al encuentro del coche. Entonces les digo la verdad. Que sobre todo viajo para verlos a ellos. En general se produce un silencio. Los veo mirar en el GPS cuánto falta para llegar, espiar las señales kilométricas que indican la siguiente salida. Trato de tranquilizarlos. Les digo que los encuentro admirables por haberme cogido. Que para mí es la prueba de fuego de la hospitalidad: ser capaz de abrir la puerta a un perfecto desconocido. No temer encontrarse de repente a treinta centímetros de un extraño del que ignoran si será agradable, si compartirá sus ideas, si olerá bien, si la presencia de sus setenta kilos sentados allí, en el asiento del pasajero, solo separados por la palanca del freno de mano, les será agradable o les molestará. Les digo que quiero conocer a muchas personas como ellos, capaces de ese gesto.

Agustín se había acercado a nosotros, atraído por la conversación. Caminaba muy cerca, escuchando. El autoestopista sacó el caparazón de caracol del bolsillo y se lo dio. El niño lo puso en la palma de la mano sin decir una palabra. Me pregunté si el autoestopista buscaba un pretexto para cambiar de tema, para no seguir hablando delante de su hijo. Pero casi de inmediato reanudó la conversación.

A menudo sugieren que hay BlaBlaCar. Me preguntan por qué no pongo un anuncio en Internet. Con BlaBlaCar también se hacen interesantes encuentros, dicen. Están un poco azorados, creen que es por dinero. Los desengaño, les digo que ya he ido con BlaBlaCar, que todo salió bien, pero que no es lo mismo. Porque en BlaBlaCar hay que elegir. Porque hay una cita previa. Porque desde la salida cada uno sabe adónde llegará al final, tanto en tiempo como en dinero.

Habíamos llegado al final del sendero. Al otro lado el terraplén se acababa, cortado por la carretera. Abajo, la circunvalación, los coches lanzados a 90 por hora. Agustín se tumbó en la ladera del terraplén. El autoestopista y yo nos sentamos en la hierba, con las piernas estiradas frente al panorama. Nos quedamos contemplando la llanura al otro lado de la vía rápida. Las parcelas recubiertas de plástico negro. Los largos túneles de plástico transparente de un terreno repleto de invernaderos. Las siluetas de las naves prefabricadas del polígono industrial en la lejanía.

Un Punto rojo brillante irrumpió en la circunvalación, furioso, ruidoso, a toda pastilla. Nos dio tiempo a verlo llegar, a escrutar el rostro de una vieja dama al volante, a ver su mirada dirigirse hacia nosotros con pinta de preguntarnos qué coño hacíamos allí. Surgió otro coche, un deportivo negro, con la música a todo trapo. Al volante, un joven en chándal levantó la mano a guisa de saludo y pegó un bocinazo hacia nosotros como para felicitarnos.

El autoestopista me dio una palmada amistosa.

Así que en Provenza. ¡Mira por dónde!

Miré las botellas de cerveza y un viejo cartón de *pizza* abandonado en el fondo del terraplén, levanté los ojos para abarcar con la mirada los alrededores. Escuché el zumbido de un coche que se acercaba.

¿Venís a menudo?, le pregunté.

Todos los días después de clase, ironizó. No, por supuesto, es la primera vez. Nunca habíamos venido tan lejos.

Apareció otro coche. Los ojos del conductor se clavaron en los míos. Ojos severos. Escandalizados por vernos pasando el rato allí.

Asustamos a todo el mundo.

El autoestopista esperó al coche siguiente, como para verificar el efecto de nuestra presencia.

Esta vez el conductor pasó sin levantar la vista.

De todos modos, hay que irse. Tenemos que volver, hoy me toca cocinar a mí.

Agustín se levantó, se sacudió los *shorts* y la camiseta. Una espiga se quedó presa en sus cabellos.

Ensalada de tomates de la huerta, ¿te apetece?

Agustín dijo que sí.

¿Y a ti, Sacha?

Dudé en responder. Agustín levantó la cabeza hacia mí, a la espera de mi respuesta.

Tomates de la huerta, Sacha, ¿a ti también te apetecen?

El autoestopista sonrió.

¿Ves? No tienes elección.

5

Ese día pasé toda la tarde en su casa. En el pasado había necesitado quemar los puentes. Ese domingo me di cuenta de que la correa de transmisión siempre estaría allí: aquel entendimiento inmediato entre nosotros, aquella intuición de cada uno de los pensamientos del otro.

De vuelta con Agustín encontramos a Marie en la cocina, los tomates ya cortados en gruesas rodajas carnosas. Del horno encendido llegaba un olor a tarta o a *pizza*.

Hola, Sacha, me saludó Marie al verme entrar. El famoso Sacha.

Sentí en la cara sus mejillas frescas, sus besos enérgicos, alegres. Sentí el olor de su cabello, algo húmedo todavía, tras una ducha tomada minutos antes.

¿Famoso por qué?, sonreí. Nada de famoso.

Venga, sentaos a la mesa, esto está casi listo.

Llevamos los platos y la ensalada de tomates a la mesita de hierro en medio del jardín. Acerqué cuatro taburetes. Servimos vino. Comimos los tomates. Marie se giró hacia mí con expresión alegre.

Leí tu último libro. Él me obligó a leerlo, se rio señalando al autoestopista.

Sonreí. Me lo ha dicho. Me halaga.

Tenemos varios, continuó Marie. Dos o tres por lo menos.

¡Todos!, fingió indignarse el autoestopista. Los tenemos todos. Incluso el primero.

Marie sonrió al verlo tan vehemente. Nos miró a los dos.

¿Cuánto tiempo hace que no os veíais?

El autoestopista me miró con calma.

Una eternidad, dijo. ¿Cuántos años? Yo diría que quince.

Dieciséis, lo corregí. Mejor dicho, diecisiete, para ser exactos.

¡Diecisiete años!, exclamó Marie.

Me pregunté si le habría contado todo. Si sabía lo que nos había alejado entonces. Me dio la impresión de que no.

De todas formas, es bonito veros juntos de nuevo.

Asentimos. Agustín también nos miraba, con pinta de buscar en la escena lo que su madre podía encontrar bonito. Supuse que iba a preguntarnos sobre esos diecisiete años de silencio. O no lo pensó o no se atrevió.

Repetí tomates, acabé mi plato todavía más rápido que el primero, bebiendo el jugo con la cucharilla, hasta la última gota. Marie sonrió ante mi apetito.

Tengo entendido que traduces del italiano, le dije.

Ella asintió.

Sobre todo novela.

¿Es lo que estabas haciendo cuando llegamos?

Empezaba la traducción de un nuevo libro. La última novela de Lodoli, quizá lo conozcas. Marco Lodoli. De Roma.

Vio en mis ojos que el nombre no me decía nada.

¿No has leído nada de Lodoli?

Dije que no. Un no lastimero.

Sintió un placer maligno en machacarme, afirmando que Lodoli era uno de los mejores escritores italianos vivos, uno de los mejores escritores vivos, a secas. Que tenía que leer a Lodoli sí o sí. Que cambiaría mi vida, enfatizaba *mi vida,* imitando un anuncio publicitario que hizo que el almuerzo empezase de la mejor de las maneras, con una carcajada general, encantados al ver a Marie de tan buen humor.

Le pregunté de qué trataba el libro.

Siempre de lo mismo. La vida que pasa. El tiempo que se va. Es sencillo, no hay nada espectacular. Simplemente hombres y mujeres que nacen, crecen, desean, se convierten en adultos, aman, no aman, renuncian a sus sueños o se aferran a ellos, envejecen. Y se van poco a poco, sustituidos por otros.

Y qué más va a contar, dije. Es lo único que importa.

El autoestopista se levantó.

Tu *pizza*.

A través de la ventana lo oímos trajinar con el horno, abrirlo, sacar el molde caliente. Volvió con un delgado disco de masa adornado con berenjenas y pimientos, que nos sirvió. Sentí la espesa carne de las berenjenas llenándome la boca, el jugo de los pimientos impregnando mi paladar, quemándome las encías.

Excelente, dije.

Marie sonrió.

Las berenjenas podrían estar un pelín más tostadas, dijo el autoestopista.

Lo abuchearon y me miró muerto de risa.

La próxima vez te haré yo la *pizza,* Sacha. Ya verás.

Brindamos por el reencuentro, nos quedamos unos segundos sin decir nada, sorprendidos los cuatro por aquel almuerzo casi familiar. Por mi presencia en la mesa, tan pronto.

Hemos ido hasta el extremo del canal, dijo el autoestopista. Al final se detiene, se corta el terraplén. De repente aparece la carretera de circunvalación.

Hemos encontrado bombas de semillas, dijo Agustín.

Al cabo de un rato, Marie me miró.

¿Y de qué trata tu próximo libro?

Dudé. Desconfío de los libros de los que se habla demasiado antes de escribirlos, raramente se terminan.

Perdona, a lo mejor es una pregunta indiscreta.

Respondí que no. Es la historia de una vieja dama que viaja, va de ciudad en ciudad, de encuentro en encuentro. Una mujer jubilada que ya no tiene ninguna obligación laboral. Sin marido. Sin hijos. Que puede hacer lo que le da la gana, dejar París, ir de viaje. O venirse a vivir a V.

Básicamente, eres tú.

Exactamente. Excepto que ella viaja y yo no. En el fondo, es un buen resumen de mi vida, tienes razón: soy una vieja dama solitaria que ni siquiera viaja.

Agustín me miró riendo. Marie guardó silencio un momento.

¿Y por qué es vieja esa dama? ¿Por qué no has elegido una mujer de nuestra edad? ¿Por qué no un hombre? ¿Por qué no tú?

Reflexioné.

Porque el entusiasmo de vivir todavía me impresiona más en aquellos que ya han vivido mucho. Podrían estar embotados, hastiados. Pero no. El fuego sigue ahí. Intacto.

¿Y tu vieja dama se enamora?, preguntó Marie.

Respondí que no.

Ah, por eso es vieja, me pinchó Marie. Eso resuelve la cuestión del deseo.

Protesté con vehemencia. Dije que había visto mujeres casi centenarias seguir enamorándose. Algunas tenían amantes.

Pero no en tu libro, dijo Marie.

No. En mi libro no. El amante de mi vieja dama es el mundo. Es toda la Tierra lo que le gustaría abrazar.

Nos quedamos un momento callados. Dejadas en suspenso, mis palabras me parecieron rematadamente estúpidas: El amante de mi vieja dama es el mundo. ¡Menuda chorrada! No tenía el menor sentido.

Agustín se levantó. El autoestopista, Marie y yo nos bebimos el café, remoloneé un rato más en el jardín moviendo la mesa para seguir el progreso de la sombra del seto en el suelo, hasta que una nube oscura cubrió el cielo. De repente se puso gris.

Esa es la señal, dijo Marie. Me vuelvo al trabajo.

Subió. El autoestopista se levantó y me dijo ¡ven! Ven, te mostraré el taller que he preparado. Me llevó a la entrada de un cuartito lindante con la cocina. Empujó la puerta de cristal y entramos en una especie de garaje de hormigón. Miré las estanterías levantadas a lo largo de la pared, las baldas hechas con tablones y simples ladrillos. Los libros colocados aquí y allá. Un estante de novelas. Otro de poesía. Un tercero de ensayo (el autoestopista siempre mostró preferencia por el ensayo). Miré las otras paredes reservadas al almacenaje de herramientas, cajas, materiales, bolsas de yeso y cemento.

Me pregunté qué podía hacer él entre aquellas cuatro paredes. Cuántas horas podría pasar en aquel cubículo casi sin ventanas, frío un domingo de septiembre y probablemente helado en invierno.

¿Tienes mucho trabajo?

Lo que cae. Me llaman de bastantes obras. Hago todo tipo de chapuzas. Durante algún tiempo me dediqué a la carpintería de obra. No paraban de llamarme, cada vez de más lejos. Las obras eran largas, acabé harto. Me metí en electricidad, en fontanería. Ahora trabajo por mi cuenta. Hago de todo, albañilería, azulejos, cuartos de baño, cocinas. Se acabó eso de tener siempre al jefe encima.

Miré sus manos. Las mismas que siempre le había visto. Tal vez algo más callosas que antes, la palma un poco más ancha.

Abrió un cajón, sacó un grueso sobre de papel de estraza y me lo entregó. Hundí la mano en el fondo, noté unos pequeños rectángulos maleables en la yema de los dedos. Cogí una docena, los saqué del sobre para mirarlos.

Instantáneas. Retratos de una pareja de ancianos fotografiada delante de una autocaravana en la costa bretona. De un menudo camionero seco como un tronco viejo, levantando el pulgar al volante de su diez toneladas. De un barbudo corpulento de polo rosa en el aparcamiento del área de servicio de una autopista, en mitad de la noche. De un viejo calvo de rasgos marcados, boca hocicuda, cejas estiradas hacia atrás, sonriendo al volante de un cupé.

¿Quiénes son?, le pregunté.

La gente que me encuentro.

¿Los que te llevan en autostop?

Los que me llevan en su vehículo, con los que paso tiempo.

¿Los fotografías a todos?

Lo intento. A veces me olvido. O se detienen en un lugar demasiado peligroso y apenas tengo tiempo para saltar antes de que arranquen. Pero siempre que puedo se lo pido.

¿Nunca se niegan?

Me habrá ocurrido dos o tres veces, nada más.

Me quedé mirando decenas de rostros de automovilistas.

¿Tienes muchas?, le pregunté.

No sé. Unas doscientas o trescientas. Empecé hace dos años.

Mi mirada se detuvo en una foto tomada en pleno centro de París, metro Château-d'Eau, de madrugada, el cruce todavía estaba desierto. Un tipo alto con barba cuidada, gafas de pasta, un poco estirado, delante de su BMW gris.

Me lo encontré sobre las tres de la mañana. Ahí eran las siete, acababa de dejarme. Nadie lo diría, pero, aunque parezca mentira, este tío me salvó. Yo estaba muy jodido, atrapado en medio de la noche en una gasolinera entre Angers y Le Mans. Apenas pasaban coches, solo de vez en cuando una pandilla de juerguistas que cargaban gasolina y se iban a toda pastilla sin molestarse en mirarme. Estaba a punto de resignarme a pasar la noche allí cuando llegó el BMW, cristales tintados, pintura gris impecable. Un ejecutivo que se había levantado varias horas antes del amanecer para estar al alba en París, en una enorme fábrica donde acababa de explotar una tubería. Un tipo por el cual no habría apostado un duro y que, sin embargo, me abrió inmediatamente la puerta. Apenas me senté me quedé dormido como un tronco, estaba reventado. Podría haberse ofendido, pero no. Cuando desperté estábamos a la altura de Le Mans, charlamos hasta el final del trayecto. A las seis y media estábamos en la Puerta de Versalles y, como le sobraba tiempo, condujo su elegante coche hasta dejarme en la orilla derecha.

Miramos otras fotos. Un joven de sonrisa cansada, también de noche, la lata de Red Bull levantada hacia el objetivo como para brindar, la cara iluminada por el flash, los ojos rojos. Un hombre al volante de un utilitario blanco, de fuerte mentón, forro polar montañés de trabajador habituado al frío.

Esta fue en el Nivernés. Un exgerente de aserradero reconvertido para el alquiler de bicicletas. Durante todo el trayecto fue señalando los árboles, me decía su edad, lo que se podía hacer con cada especie, cuántas pérdidas se producían en el corte de un haya, un abeto, un roble, el desperdicio que suponía la nueva moda de escuadrar los troncos para transportarlos mejor por barco a la otra punta del mundo. Y luego secretos que yo nunca habría sospechado. La conservación de la madera por aspersión. El secado de las duelas. Las labores para lavar el tanino de la madera. El corte milimétrico de los troncos destinados a los barriles de vino, siempre en altura, de arriba abajo, siguiendo los radios de la madera, no me extraña que cuesten un ojo de la cara.

El autoestopista dejó la foto del exgerente y cogió otra, la de un tipo con una sonrisa huidiza, dientes cariados, profundas ojeras, las mejillas devoradas por la barba y, pese a todo, cierto brillo en los ojos.

Acababa de salir de la cárcel de Tarascón. Un gitano de Saint-Laurent-du-Var, hijo de chatarreros, que me explicó cómo cortaba su padre los coches a hachazos en los desguaces, antes de ir a revender la chatarra al peso. Me contó que a los siete u ocho años había estado a punto de morir asfixiado jugando al escondite en un vertedero. Se había escondido en una vieja nevera, la puerta se había cerrado y, por más que gritaba, nadie lo encontraba. Oyó a su madre y a su tía llamándolo a grito pelado, Zeppi, Zeppi, dónde estás. Él gritaba a su vez con todas sus fuerzas, pero el sonido no salía. Finalmente, su madre vio que sobresalían los flecos de su bufanda atrapados en la puerta de la nevera. Lo salvó por los pelos, ya estaba azul.

El autoestopista guardó silencio.

Por la única ventana del exiguo taller vimos a Agustín aparecer en el jardín y ponerse a dar patadas al balón contra el muro. ¡Pum!, golpeándolo de nuevo cada vez que volvía a sus pies. ¡Pum!, aplastando el cuero con cada chute contra el muro de piedra.

Recorrí con la mano las fotos esparcidas en la mesita.

¿Los recuerdas a todos?, le pregunté.

No me acuerdo de todo lo que dijimos, solo de algunos detalles. Si el tipo me gustaba o no. La manera en que hablaba de la vida. Un sentimiento general en el momento de despedirnos, de simple reconocimiento por el servicio prestado o de alegría por habernos conocido durante dos horas.

No hay muchas mujeres, señalé.

No, es cierto. Pero algunas hay.

Buscó en el montón, sacó una foto en la que se veía a una joven de nuestra edad despidiéndose. Al fondo había pinos, olivos, encinas, brotes de enebros. Era en algún lugar a orillas del Mediterráneo. La luz era hermosa, un poco dorada. Una luz de última hora de la tarde. La chica tenía la piel extraordinariamente blanca, el cabello muy negro. Miraba al objetivo desafiante, se divertía posando, burlándose de sí misma, las gafas de sol caídas sobre la punta de la nariz, el ceño fruncido.

Es guapa, dije.

Acercó la instantánea a la lamparilla de su despacho para ver mejor su rostro.

Hice con ella todo el trayecto entre Perpiñán y Niza. Regresaba de España y se iba a Italia. Era profesora en la Facultad de Letras de Bolonia. Enamorada de Lobo Antunes, de Claude Simon, de muchos autores con los que siempre me has dado el coñazo. ¿No tienes miedo de llevar a desconocidos como yo?, le pregunté en un momento dado. Se rio. ¿Qué te crees?, ¡los elijo! Si te paré es porque te vi y me dije: Vale. Este me gusta, quiero viajar con él.

Me tendió la foto para que la mirase.

Hablamos durante todo el trayecto. De la vida. De nosotros. Le hice la misma pregunta que les hago a todos los que me llevan: ¿Qué hacer? La pregunta de Lenin. En Lenin es una pregunta de estrategia, no puede ser más concreta. Qué hacer para conseguir tomar el poder aquí y ahora, en la Rusia de 1917. Yo esa pregunta me la hago sobre la vida, le dije. En tu opinión, ¿qué hay que hacer a secas? De la vida. De la muerte. Del amor.

El autoestopista se rio de sí mismo antes de seguir hablando.

No sé lo que respondió. Solo recuerdo que me gustó lo que decía. La forma en que lo decía. Sin énfasis. Sin grandes lecciones. Burlándose un poco de mis preguntas más grandes que yo. Acababa de leer a Spinoza y le había dejado huella. Me dijo que para Spinoza cada uno de nosotros era como una frágil nubecita, constantemente amenazada con chocar con otras nubes y disolverse. Me explicó que Spinoza no utilizaba la imagen de la nube, pero que era así como ella lo había interpretado: vivir es mantener entera la nubecita que formamos, independientemente del tiempo que pase, a pesar de los buenos y los malos encuentros. Es lograr que se mantengan juntas todas las gotitas de vapor que hacen que esa nube seamos nosotros y nadie más. Desde que leí a Spinoza, decía, me siento estimulada, me digo: Venga, nubecita, *avanti,* ábrete paso valientemente en el mundo, sigue siendo la nubecilla que eres, sé siempre mejor, una nubecilla valiente y única. A veces me enamoro, decía, me encuentro con otra nube que me gusta mucho y la otra nube me trastorna, su integridad pone la mía patas arriba, no podemos impedir que nuestras partes se mezclen, los dos estamos un poco confusos. Soy feliz, estoy triste, todo está revuelto, necesito tiempo para acostumbrarme al nuevo estado. Y luego, poco a poco, me reencuentro, me recompongo, en el sentido literal de la palabra. Mal que bien, recojo las partes de mí misma. Y la nubecilla que soy reemprende su camino.

No está mal, dije.

Sí, nada mal.

En realidad, lo recuerdas muy bien.

Mejor de lo que pensaba, dijo soñador.

Fuera, el cielo despejaba. El sol apareció, reavivando el verde de la hierba.

Lo noté reacio a continuar.

Algo hermoso sucedió durante ese trayecto, siguió tras una pausa. En algún momento la chica salió de la autopista. Recuerdo sus palabras: Hay un lugar adonde quiero llevarte. Lo dijo en un tono tranquilo, decidido, que no me dejaba opción. Llegamos a la altura de Cassis, pensé que quería mostrarme una cala. Pero tomó una carretera secundaria que subía hacia las colinas. Durante diez minutos serpenteamos entre viñedos y olivares. La carretera se convirtió en una pista. Al final aparcamos bajo un bosquete de encinas. Bajamos del coche. La seguí hasta una torre de hormigón desde la que se dominaban varios kilómetros a la redonda. Es una atalaya que me trae muchos recuerdos, dijo dulcemente. Estaba enamorada. De un francés. Fue hace unos diez años. Pasamos todo el verano aquí, en esta colina, vigilando el inicio de los incendios, informando del más mínimo humo de barbacoa en la llanura o cualquier quema en un jardín. Días enteros solos, sin una visita. Otros recibiendo visitas de tantos amigos que a veces acababan durmiendo en quince o veinte tiendas de campaña allí abajo. Una vez fuimos nosotros los que casi provocamos un incendio, se rio.

El autoestopista guardó silencio. Lo imaginé en la torre con la chica, al sol, entre los árboles. Me preguntaba cómo acabaría su historia.

Nos quedamos allí durante diez minutos aspirando el olor a resina, mirando el mar a lo lejos.

¿Y luego?

Luego nos fuimos.

Se volvió hacia mí, me miró sonriendo tranquilo.

Nos fuimos y una hora después me dejó en un área de servicio de la autopista cerca de Niza. Tocó el claxon por última vez y desapareció.

¿No os habéis vuelto a ver?, pregunté al cabo de un momento.

Movió la cabeza lentamente.

No.

¿Conservas su dirección?

Es un fallo, pero no. No se me ocurrió pedírsela. Fue hace dos años. Ahora siempre anoto un teléfono o una dirección de correo electrónico por lo menos.

Nos quedamos en silencio. Volví a mirar a la chica de la foto. Los imaginé a ambos saliendo de la autopista para perderse entre las colinas. Deseé estar también yo en un coche con aquella chica.

Me gusta pensar que está por ahí, en alguna parte, continuó. En Bolonia. En otros lugares. Pensar que, salvo un milagro, no volveré a verla. Que solo compartí con ella unas pocas horas de mi vida. Horas bellísimas. Lo bastante bellas para contar más en mi recuerdo que miles de historias realmente vividas.

Salimos del taller.

La luz exterior nos deslumbró.

¡Papá, ven!, lo llamó Agustín, que seguía pegando patadas al balón.

El autoestopista caminó hacia él, recibió el balón e hizo tres malabares antes de devolvérselo.

Espera, voy a acompañar a Sacha.

Alcé los ojos hacia la ventana de Marie. Vi que nos estaba mirando.

¿Qué tal, chicos?

Muy bien, contesté.

Sacha, te he dejado el último Lodoli en la mesa de la cocina. Me encantará que te lo lleves.

Entré en la cocina. Vi el libro. Un volumen de unas cuatrocientas páginas, de tapa blanda blanca y azul. En la portada leí: *Les Prétendants*. Y en letra más pequeña, debajo: *La nuit-Le vent-Les fleurs*.

No me imaginaba hasta qué punto me iba a conmover aquel libro.

Salí al jardín para darle las gracias por la ventana. Me despedí de los tres y volví a casa.

6

Transcurrieron varios días antes de que volviese a ver al autoestopista. No quise llamarlo ni hacerme el encontradizo. Él tampoco. Como si el haber estado juntos aquel domingo nos dispensara durante mucho tiempo de cualquier obligación del uno hacia el otro.

Me concentré en mi nueva vida. Reanudé el trabajo, puse a andar de nuevo a mi vieja dama por los aeropuertos y las estaciones de tren del mundo entero. Me di cuenta de que no les había contado todo a Marie y al autoestopista. De que incluso les había ocultado un elemento esencial, el punto de partida de mi proyecto: la famosa elipsis del último capítulo de *La educación sentimental*. Esas pocas líneas al final del libro que le bastan a Flaubert para enviar a Frédéric de viaje y hacerlo volver años más tarde, suficientemente envejecido en tres frases para mirar ahora su vida en retrospectiva. «Viajó. Conoció la melancolía de los paquebotes, el frío despertar bajo una tienda, el asombro de los paisajes y ruinas, la amargura de las simpatías interrumpidas. Regresó.» Vértigo del tiempo dilapidado, de la madeja de años devanada de golpe. Conmoción de toda una vida humana reducida por la aceleración desarrollada por Flaubert a eso: una partida, un regreso. El viaje de un hombre destinado, de todas formas, a pasar, como todo pasa.

A diferencia de Flaubert, yo había decidido retener el tiempo, frenar lo máximo posible su paso valiéndome de lo opuesto a una elipsis: una ralentización por saturación, dilatación, restitución de cada instante en sus ramificaciones, su inagotable proliferación de detalles, de imágenes, de sensaciones, de reminiscencias, de asociaciones. Me pregunté por qué no les había dicho ese día que mi vieja dama no iba sucesivamente a Cotonou, a Benarés, a Bogotá, sino a todos esos lugares a la vez, fundidos en el mismo presente absoluto. Por qué no les había dicho el título: *La melancolía de los paquebotes,* como una promesa de expansión, al contrario de Flaubert, cuyo mayor empeño era el de resumir.

Durante esos días escuché en la radio una emisión de música india. Me enteré de que tienen ragas para cada estación del año, para cada estado de ánimo. Que el objetivo de una raga no es contar una historia, ni deslumbrar ni cautivar, sino transmitir una emoción. Comunicar un estado de ánimo. La raga como equivalente musical de determinado estado mental. Pensé que eso era lo que debía hacer. Lograr un texto que transmita ese estado de ánimo particular: la melancolía de los paquebotes. Vi claramente el color: un amarillo dorado, brillante, algo envejecido. El arrebol de los mástiles de los navíos en los cuadros de Claudio de Lorena. Algo pasado, con lustre, patinado por el recuerdo; que brille con el esplendor de la maravilla pasada, irremediablemente perdida.

Se me ocurrió componer grandes murales. Puros paneles de texto que fuesen como tiempo aplastado, condensado, cristalizado. Planchas de tiempo que se pudiesen abarcar de un vistazo.

Salí a comprar lienzos. Empecé cubriéndolos de blanco. Cogí un pincel más fino, lo empapé en un botecito de pintura amarilla brillante, luminosa como el polen. Sobre el blanco del lienzo empecé a copiar el comienzo de mi texto. Tracé una línea entera, luego otra. Vi cómo el rectángulo empezaba a cubrirse de oro en su parte superior.

Al cabo de tres días terminé el primer mural. Lo colgué en medio del salón. Di unos pasos hacia atrás para verlo en perspectiva. Probé a iluminarlo, luego a apagarlo, a colgarlo en otra pared más iluminada por la luz del día. Busqué el mejor ángulo para observarlo, esperé durante cinco minutos a que se produjese el milagro que había soñado. Después de la euforia en la que me había sentido transportado durante tres días, sentí que algo se chafaba en mi interior.

Descolgué el cuadro y lo escondí detrás de una puerta, de cara a la pared.

Necesitaba salir.

Una vez abajo, me sorprendió encontrar el aire cálido, las hojas agrietadas, achicharradas, casi consumidas por el calor.

Me di cuenta de que acababa de pasar tres días sin asomar la nariz fuera.

Me dejé ir maquinalmente hacia la parte baja del pueblo. Al llegar a la plazuela de los plátanos, pensé que no estaba lejos de la casa del autoestopista. Caminé hasta allí, encontré la verja cerrada, las persianas echadas. Seguí hasta el río. Vi surgir las aguas al otro lado del pretil de hormigón, agitadas, tormentosas, de un azul grisáceo, encabritadas. Miré el sol rebotando alegremente en la superficie de la corriente, el viento levantando aquí y allá brillantes haces a contraluz.

Sentí el teléfono vibrando en el bolsillo.

Me di cuenta de que no había sonado desde hacía mucho tiempo.

Respondí.

¿Sacha?

Hola, Jeanne, ¿qué tal?

¿Qué tal tú? ¿Qué tal la instalación? ¿Cómo va el libro?

Lo dijo tranquilamente, contenta. Como si su llamada fuese la cosa más natural del mundo.

Esperaba que me llamases, pero no lo hiciste, dijo riendo.

Yo la imité.

Estaba a punto de hacerlo, balbucí.

¿A punto? Entonces como el suflé, que enseguida se desinfla.

Te juro que estaba a punto. Iba a llamarte.

Por la noche fuimos a cenar a un pequeño restaurante regentado por una amiga suya. Bebimos. Nos reímos. A nuestra edad no hay grandes misterios. No se espera el gran arrebato. Se hace. Se intenta. Es muy sencillo. Quizá mucho más sencillo y mucho más complicado a la vez. Ya lo hemos vivido. La conmoción es menor. El impulso más difícil de coger. Somos más pesados. Estamos más aferrados a nosotros mismos, a nuestras rutinas, difíciles de cambiar. Y también tiene sus ventajas. Somos más seguros. Nos conocemos mejor. Sabemos mejor lo que queremos. También mejor lo que le gusta al otro. Lo que se ha perdido en fragilidad, en capacidad de conmoverse, lo ganamos en atención. Sabemos que eso también es amor y lo hacemos bien. Conocemos el precio de la dulzura. Nos entregamos mejor. Recibimos mejor. Conocemos mejor los límites de nuestros cuerpos. Somos mejores nadadores.

Pensé en ello por la noche, viendo a Jeanne desnuda a mi lado en la cama, dos copas de vino entre nosotros: lo sencillo y estupendo que era. Lo agradables que ambos sabíamos ser. Pensé que eso había que atribuírselo a ella más que a mí, que poseía ese arte en grado sumo: hacer que ese momento juntos fuese un hermoso momento.

Primero nos sentamos a beber uno cerca del otro, desnudos los dos, contentándonos con una caricia de vez en cuando. Seguimos charlando, dejando a nuestros cuerpos la oportunidad de conocerse, de reconocerse.

Le acaricié los hombros, los senos. Las nalgas hermosas y fuertes.

Ella jugaba con mi pene. Se rio al verlo responder.

Miramos los libros.

Varias veces la vi incorporarse ligeramente sobre sus rodillas para coger un volumen de un estante. Vi alzarse su grupa, su brazo buscando muy alto, estirándose por encima de su cabeza, arqueando todo su cuerpo. Sentí deseos de atraparla, de tenerla, de tumbarla sin esperar.

Esperé.

Bebimos la última copa de un trago. Dejó que la descarga de alcohol bajase por su esófago, obligándola a entrecerrar los ojos. Se tumbó riendo, abrió las piernas. Entré en ella.

Qué bueno es esto, dije.

Pues claro que es bueno.

La vi dejarse llevar por el placer, buscarlo, encontrarlo.

A las cuatro de la mañana hice café.

Lo bebimos sentados en la cama, algo borrachos, deliciosamente cansados.

Vio el cuadro escondido detrás de la puerta, me preguntó qué era.

Me levanté para mostrárselo. Miró las letras doradas sobre fondo blanco, leyó lo que pudo descifrar: una escena que mostraba a la vieja dama sentada en el suelo a la luz fosforescente de una terminal lejana, abarrotada de pasajeros exhaustos por la falta de espacio, los mosquitos, el agotamiento de esperar un vuelo retrasado. Le dije que era el principio. Que quería hacer otros. Encontrar poco a poco el tamaño correcto de los caracteres, la intensidad adecuada de amarillo sobre fondo blanco. Lo aprobó bajando la cabeza.

Acabamos quedándonos dormidos.

Al abrir los ojos, la vi de pie, ya duchada, fresca, con el abrigo puesto.

Me voy, Sacha, son las once.

Se acercó a la cama y me dio un beso.

Nos llamamos, dijo.

Me levanté para abrazarla, mi sexo cómicamente erecto contra el forro de su abrigo en el frío de la mañana. Se rio de aquella carantoña de adolescente.

La vi irse, cerrar suavemente la puerta.

Volví a meterme en la cama.

Me quedé mirando al techo.

Pensé que era muy guapa, que me gustaba mucho.

Pero también pensé que no la llamaría enseguida.

Que ella tampoco se apresuraría.

Que tanto el uno como el otro valorábamos nuestra soledad.

Con algo de miedo me pregunté si en mi vida el amor no sería más que eso: un suplemento.

Me levanté. Hice café. Colgué en la pared un nuevo lienzo. Vertí en un vaso de yogur una pequeña cantidad de pintura amarilla.

Reanudé el trabajo.

7

Volví a ver a Marie tres días después. La vi de lejos, sentada en una terraza de la plazuela de los plátanos. Me acerqué, la besé y le pregunté por el autoestopista.

Se fue, dijo.

¿Cómo que se fue?

Al día siguiente de tu llegada.

No sé qué cara puse, qué expresión reflejó mi rostro. Sea como fuere, Marie se echó a reír.

Perdón. No se ha ido como supones. Simplemente se fue de viaje.

Sonreí por el equívoco. Pregunté hacia dónde.

Creo que hacia el oeste, dijo tranquilamente.

La observé, sentada al frío de la mañana, con un brillo de alegría en la mirada. El rostro casi tapado por el pelo alborotado. Sus ojos no muy despiertos todavía.

Ya ves, el reencuentro contigo le hizo efecto. Habitualmente, sus ausencias suelen durar tres días, cuatro como máximo. Esta vez han pasado casi dos semanas.

Me senté frente a ella.

Pedimos dos cafés.

¿Y tu vieja dama? ¿Avanzas con ella?

Dije que sí. Un poco.

Me miró con una sonrisa antes de abordar lo que probablemente excitaba su curiosidad desde el momento en que me vio llegar a la plazuela.

Ayer vi a Jeanne.

Lo cual fue como decir: Lo sé todo.

No intenté ocultarlo.

Jeanne es fantástica. Pasamos un buen rato.

Eso es lo que ella me dijo también.

Nos quedamos en silencio.

Pensé que desde aquello habían pasado tres días y que ni Jeanne ni yo nos habíamos molestado en dar señales de vida. Que incluso mis palabras lo decían todo: Pasamos un buen rato. Pretérito indefinido: acción acabada, perfecta, en un tiempo ya acabado, perfecto.

Me pregunté si las palabras de Marie contenían algún mensaje. Si cuando al hablarme de Jeanne me estaba sugiriendo que la llamase. Sus ojos eran francos y claros. No insinuaban nada. Lo que Marie tenía que decir lo decía. Parecía entenderme perfectamente. Como también entendía perfectamente a Jeanne.

Un niño atravesó la plazuela en bicicleta, maniobrando para aplastar tantas hojas secas como le fuera posible.

Marie lo vio e intercambiaron un saludo de lejos.

¿Vais a por el segundo?, le pregunté.

Lo pienso a veces, se rio.

¿Y él?

Creo que también.

¿Entonces lo tendréis?

Hay muchas probabilidades.

¿Quieres decir que ya está aquí?

¡No!, exclamó.

Se tocó el vientre como para comprobarlo.

No que yo sepa, al menos.

Llegaron los cafés. Con leche, muy claros, en pocillos de vidrio transparente.

Se levantó una ráfaga de viento. Le dimos la espalda, arrebujados en nuestros abrigos, protegiendo los pocillos de café. Ella me miró con una mueca alegre.

Se congelan hasta las muelas.

Sonreí con la expresión, que escuchaba por primera vez.

Al volver a casa ese día encontré un paquete expedido en Épernay. El primer correo de verdad recibido en mi nuevo domicilio. Lo sopesé, tratando de adivinar qué había dentro. Lo abrí.

Mi última cosecha de autoestopistas, leí en la esquina del papel adjunto a las fotos.

Vacié el sobre en mi escritorio. Cayeron una veintena de fotos. Retratos. Sobrios. Sencillos. Desprovistos de efectos innecesarios. Destinados ante todo a desempeñar la función de todos los retratos del mundo: dejar huella. Impedir el olvido.

Hice recuento de rostros. Quince hombres solos. Cuatro parejas. Tres mujeres. Traté de imaginar al autoestopista con cada uno de ellos, compartiendo la intimidad de su habitáculo.

Me pregunté dónde estaría en ese preciso instante. En una señal vi las mayúsculas negras del lugar: Châteaubriant. En otra leí La Flèche. En algunos sitios reconocí vacas normandas, la playa de Dinan, tejados de pizarra de Morbihan y bosques de latifolios coloreados de rojo por el otoño.

Casi podía verlo frente a cada uno de aquellos rostros, escuchar sus palabras en el momento de pulsar el disparador. Su forma de pedir bruscamente atención, de reclamar una sonrisa. O más bien su forma de no pedir nada, ni sonrisa ni atención, sino de provocar ambas para obtener atención y sonrisa sin avisar, en el momento justo, con cualquier tontería, con cualquier gesto incongruente. Cualquier broma deliberadamente vulgar, calculada para hacerlos partirse de risa.

Miré el rostro de una mujer con un forro polar turquesa, de unos cincuenta años, mechas rubias, piel enrojecida por el frío de cualquier región montañosa, brazos fuertes a ambos lados del volante. La sonrisa de un camionero de Europa del Este, con el pulgar hacia arriba como si estuviese diciendo: *Dobro*. Súper.

Los contemplé a todos. Pensé que en otro tiempo me encantaría estar en el coche con ellos.

Volví a verme lleno de aquel ímpetu, de aquella sed.

Y luego noté con tristeza que casi se había apagado, que la había arrumbado en otro lugar.

Me di cuenta de que no envidiaba al autoestopista, de que si las fotos me afectaban, me hacían daño, no era por verlo atreviéndose a algo a lo que yo no me atrevía. Era por notar su apetito intacto. Era por verlo continuar.

Mira, lo oía decirme, mira cómo sigo aquí, cómo dura mi audacia. Mira cómo nada ha cambiado, cómo sigo siendo el mismo y cómo por muchos años que pasen jamás harán mella en mí.

8

Volví al trabajo. No quería desperdiciar ni un segundo antes del regreso del autoestopista.

Me crucé con él al día siguiente por la tarde, caminando tranquilamente a lo largo del río. Sonriendo feliz. Cansado pero feliz.

No logré ver si disfrutaba con mi sorpresa. Si la rapidez de su regreso era premeditada, calculada precisamente para provocar ese momento, dejándome boquiabierto una vez más.

Nos fuimos a tomar unas cañas.

Me contó su regreso, de noche: Amiens-Montélimar en dos coches.

Quinientos kilómetros con un solo tipo. Ingeniero informático. Simpático. Luego una hora y pico en un área de servicio cerca de Orange, espera que te esperarás, con un frío de mil demonios.

Por fin un coche de unos pajilleros que no llegaban a la mayoría de edad lo sacó de allí.

Tenías que verlos. Tres adolescentes en chándal, el pelo empapado de gomina, pringoso como la mantequilla. Quince años. Dieciséis como mucho. A lo mejor, el que conducía, dieciocho. Y no pondría la mano en el fuego.

Bebió un sorbo de cerveza sacudiendo la cabeza, muerto de risa. Al principio apenas abrieron la ventanilla. Insistí. Les pregunté adónde iban. Marsella, refunfuñaron. ¿Marsella?, pues no vais por buen camino, dije. Se rieron. ¡Qué fuerte!, dijo el conductor. ¿Habéis oído, tíos? Por lo visto no vamos por buen camino. Afortunadamente estás aquí para ayudarnos, *man*. Me miró de arriba abajo, se detuvo en mis botas de montaña y se quedó mirándolas con profundo desdén. Y qué, viejo, ¿subes o no? No tenemos todo el día. Subí a bordo. Ni me dirigieron la palabra. Se entretuvieron viendo cómo subía la aguja del cuentarrevoluciones y el velocímetro pasaba de ciento ochenta.

Normalmente tomo notas, escribo las direcciones, dijo riendo. Ni siquiera les pregunté sus nombres. Me agarré con todas mis fuerzas al asiento y recé.

Se hizo un silencio. Bebí el resto de mi cerveza. El autoestopista carraspeó. Y luego dijo estas palabras.

¿Y vosotros aquí?

Con toda la calma del mundo, como una obviedad. Como si fuera de lo más normal que Marie, Agustín y yo formábamos un trío. El trío de los que se quedaron en V., supongo.

No me inmuté.

Nosotros bien, dije.

Y lo hice también con toda tranquilidad.

Nosotros sin revolución, añadí con una sonrisa. Sin exceso de velocidad a ciento ochenta.

Se rio y guardó silencio a su vez, quizá rumiando las palabras que acababa de pronunciar: ¿Y vosotros aquí?, como si me pidiese noticias sobre los míos.

Y yo, que me había apuntado sin vacilar a esa idea, confirmé la existencia de esa entidad: el bloque Marie-Agustín-y-yo.

Nosotros bien. Nosotros sin revolución.

Lo había dicho sin pensar. Como un hecho que ahora nos dejaba perplejos a ambos, preguntándonos el sentido de todo aquello, a la luz del crepúsculo, sentados uno frente al otro ante nuestras copas prácticamente vacías.

9

Los días que siguieron pasamos bastante tiempo juntos los cuatro.

Los invité a cenar en mi pequeño apartamento. Descubrieron las paredes desnudas, la pintura verde almendra, el maltrecho sofá de terciopelo marrón.

¿Hay algo para jugar?, preguntó Agustín.

Busqué en vano un puñado de lápices o rotuladores. Encontré un bolígrafo de seis colores que funcionaba y una resma de folios. Agustín me miró con los ojos abiertos como platos, como si me estuviese burlando de él.

Marie quiso ver los cuadros en los que había estado trabajando las últimas semanas.

Me esperaba más texto, dijo tras observarlos largo tiempo. Una masa casi indistinta de caracteres, que haga que todo se mezcle. Todas las estancias. Todos los viajes.

El autoestopista se puso a leer, atrapando en la masa de letras el comienzo de una frase aquí y otra allá. Reconoció nombres de ciudades en las que recordaba que yo había estado. Algunas a las que incluso habíamos ido juntos, Ulán Bator, Benarés, Vientán, Bobo-Dioulasso, Agadés, Chicoutimi…

Unos días después, me invitaron ellos.

¿Qué te parece si invito también a Jeanne?, me preguntó Marie por teléfono.

Jeanne vino. Llegó vestida con un abrigo acampanado, como la capa de un bebé. Me besó como a un amigo. Reconocí su olor. Sentí la proximidad que eso creaba, lo quisiéramos o no: haber pasado juntos una noche de placer.

Vi que no había reproche en sus ojos, tampoco incomodidad. Que no estaba dolida porque no la hubiese llamado. Tampoco presuponía que yo lo estuviese por su silencio. Todo estaba bien.

Agustín subió a acostarse. Cenamos, nos quedamos mucho tiempo charlando los cuatro, Jeanne empeñada en preguntarle al autoestopista por su último viaje, insistiendo con preguntas sobre sus viajes en general, con una falta de pudor asombrosa, un desparpajo que ni Marie ni yo habríamos tenido.

¿Y dónde duermes cuando te vas así? ¿Dónde pasas la noche?

Busco un motel, una pensión, una parada de camioneros. A veces un automovilista me ofrece un techo. Improviso. Otras, acampo.

¿Acampas?

Se encogió de hombros.

Una vez pasé la noche metido en el saco de dormir delante de la persiana de una gasolinera.

¿Y a ti, Marie, no te molesta no saber dónde está? ¿No te preocupas?

¡Vaya si me preocupo!, sonrió Marie.

Pero ¿qué crees que estás buscando?, preguntó Jeanne volviéndose hacia el autoestopista. Quiero decir, cuando haces eso, ¿por qué lo haces? Eso no te da dinero. Te aleja de Marie y de Agustín. Cada vez te supone varios días. Vuelves agotado. Tú no eres reportero ni escritor ni fotógrafo. No quieres hacer una película ni una exposición ni una novela, bueno, que yo sepa. ¿Por qué lo haces entonces?

Me miró como si me pidiese ayuda.

No sé.

Se calló un momento antes de proseguir.

Sinceramente, no lo sé. Lo hago por muchas cosas, sin duda. Lo hago por los encuentros. Por los momentos conmigo mismo. Por los lugares que descubro.

Jeanne sonrió perpleja.

Si es por los encuentros, me parece una estupidez. Yo estoy harta de conocer gente. Me paso la vida de encuentro en encuentro. Mi sueño sería conseguir ver a la gente que amo. Verlos de verdad.

Se produjo un silencio. Durante un momento pensé que la velada iba a acabar como el rosario de la aurora.

El autoestopista mantuvo la calma.

Conozco todo tipo de gente. En un mismo día puedo conocer a un guardabosques, al dueño de una pequeña empresa, a un carnicero, a un topógrafo…

Jeanne lo miró.

¿Y eso es suficiente para irte cada vez? ¿Eso es lo que te dices a ti mismo en el momento en que vuelves a plantarte en la salida de la ciudad con tu cartel en la mano: ¡Qué bien, tal vez hoy conozca a un topógrafo o a un carnicero!?

Él se rio, Marie y yo también. Todos respiramos al ver que la tensión desaparecía.

Jeanne descorchó otra botella de vino, como para dejar claro que la discusión solo acababa de empezar.

Esperamos. Vi que el autoestopista vacilaba. Se preguntaba qué responder.

Lo necesito, acabó diciendo. Creo que es así, simple y llanamente. Es cuestión de necesidad. Hay quien necesita hacer deporte. Los hay que beben, salen de fiesta. Yo necesito irme. Es necesario para mi equilibrio. Si me quedo demasiado tiempo sin salir, me asfixio.

Su voz temblaba un poco, notamos el esfuerzo que hacía para expresar todo esto.

¿Alguna vez te has asfixiado?, le preguntó a Jeanne. Me refiero a si has tenido la sensación física de asfixia, de que realmente te faltaba el aire.

El tono de su voz había subido imperceptiblemente. Jeanne asintió.

Y noto que es peor desde que conservo un recuerdo de las personas que encuentro. Veo cómo aumenta el montón de fotos, cómo se alarga la lista de direcciones. Se está volviendo compulsivo. Necesito más.

Se levantó, avergonzado de haber sido tan franco. Lo vimos quedarse de pie cerca de la mesa, apoyarse primero en una pierna y luego en la otra, con la copa en la mano.

Esperad, ahora vuelvo, dijo tras unos segundos de vacilación.

Desapareció en el cubículo que le servía de taller, salió con un mapa de carreteras mucho más ajado que el mío. Apartó las copas y los platos vacíos y lo desplegó sobre la mesa. Reconocí la red de carreteras y autopistas nacionales. Las arterias principales en rojo. Las venas azules de las nacionales. El país entero irrigado de capilares, vasos, carreteras provinciales, comarcales, caminos diversos. Las manchas verdes de los bosques. El blanco de las llanuras. El azul de los lagos. El gris claro del relieve. Las motitas que evocan pantanos. Y en todo el mapa no solo la infinidad de topónimos impresos en tamaño más o menos grande según el número de habitantes, sino también un puñado de inscripciones añadidas con rotulador negro, con la caligrafía apretada de una mano paciente. A veces ligeramente torcida. A veces borrada. Tachada. Superpuesta a otras inscripciones antiguas. Zoé y Claire, Angers-París, 13 de noviembre de 2016. Raphaëlle, Lunéville-Belfort, 17 de agosto 2016. Damien, Aspremont-Le Tholonet, 1 de agosto de 2016. Jean-François y Tom, Brest-Morlaix, 25 de marzo de 2017. Guénaël, Châteaubriant-Nantes, 14 de abril de 2017. Anthony y Agnès, Nantes-Angers, 14 de marzo de 2017. Algunas zonas ampliamente cubiertas: la región parisina, Bretaña, las autopistas principales, el sur. Otras casi vírgenes, departamentos enteros olvidados: Cantal, las Landas, el Alto Saona o el Marne.

Lo anoto todo aquí: nombres, direcciones, fechas, las distancias recorridas con cada uno.

Parece un cupo de capturas, dijo Jeanne.

Él sonrió para sí.

Eso mismo pienso yo a veces. Podría repasar este mapa y alegrarme de cuánta gente he conocido. Pero cuando lo miro, sucede lo contrario. Veo todas las regiones que permanecen vírgenes. Miro Cantal, que sigue desierto, y me digo, el próximo viaje en dirección a Salers. Miro los Altos Alpes, donde todavía no he puesto un pie, y me digo, rumbo a Gap.

Marie había permanecido en silencio. Llenó las copas.

En el libro que estoy traduciendo hay un hombre que se va como tú, le dijo al autoestopista. Es encantador, ama la vida, ama a su mujer y a su hijo. Es su trabajo lo que lo obliga a irse, es un mago, necesita ir por carretera para realizar su oficio. Su mujer lo entiende. Su mujer y su hijo lo quieren. El tipo es realmente maravilloso. Se va y su vuelta a casa es cada vez más emocionante. Vuelve cargado de regalos. Enseña a su hijo nuevos trucos de magia. Habla de la gente que ha conocido. Está feliz de volver. Y luego, poco a poco, sus ausencias se van alargando. Se va cada vez más a menudo. Más y más lejos.

Marie había dicho todo esto con tono sosegado. Tomándose su tiempo.

Bebió un sorbo de vino y no dijo más.

¿Y al final?, pregunté.

El final tendréis que leerlo, respondió sonriendo. Iba a contároslo, pero prefiero no decir nada.

Jeanne había traído un aguardiente destilado por un amigo de sus padres en algún lugar de Alsacia. Lo descorché. Sentí el olor a frambuesa golpearme la nariz. Un olor a bayas silvestres del bosque.

Bebimos un poco. Luego más. Y después acabamos la botella. Era la una de la mañana y estábamos los cuatro encantados alrededor de la mesa, envueltos en sendas mantas en el jardín cada vez más frío; la vela se había derretido casi por completo.

El autoestopista decidió poner algo de música.

Eligió una canción que le había visto poner mil veces. Una canción que ya era su pieza favorita en la época en que ambos estudiábamos en la universidad, cuando éramos compañeros de piso, cuando nos íbamos juntos por las carreteras dos meses al año en verano.

Pensé que la ponía por mí. Que era una forma de decirme: Para nosotros.

Y luego vi que no, que la ponía porque le gustaba. Simplemente porque seguía gustándole. Porque, veinte años después, para él seguía siendo la canción perfecta. La de los momentos de gracia. La de los instantes en los que desearías que la música expresase toda la felicidad de una velada.

El piano de *Mood Indigo* arrancó a doscientos por hora, frenético, loco, desatado. La voz de Nina Simone empezó a vibrar, extraordinariamente viva pese a las palabras desgarradoras. *I'm so lonely I could cry*. Jeanne y Marie se levantaron. Vi al autoestopista feliz, de pie, bailando ya. Sonreí al descubrirle aquella debilidad: no haber evolucionado musicalmente un ápice en veinte años, él, siempre ávido de novedades. Haberse quedado, al menos en este campo, lamentablemente estancado. Eso me conmovió.

Los tres nos unimos a él cerca de los bafles, a la música.

Marie se apretó contra él.

Me acerqué a Jeanne e inmediatamente nuestros cuerpos se unieron, me quedé ensimismado al ver cómo mis manos sabían instintivamente el camino de sus caderas, lo bien que se ajustaban nuestras oquedades sin necesidad de pensarlo.

La canción duró cuatro minutos y fue estupendo, porque nuestros cuerpos seguían apretándose más, deseándose más.

Y luego el autoestopista puso otra canción y, como no iba a bailar dos veces seguidas con Marie, cogió a Jeanne de la mano. Me quedé solo, Marie también. Nos miramos con cara de estar pensando lo mismo.

Ya que se empeñan... No tenemos elección.

Vino hacia mí, las mejillas sonrosadas tras el baile con el autoestopista y las sienes y la frente perladas de levísimas gotitas de sudor. Sentí el calor de sus manos, de sus hombros, de su cuello. Pensé de nuevo en el primer domingo en que la vi. Lo que sentí cuando puse mis labios en su mejilla para decirle el hola más inocente.

Bailamos. La canción era rápida. Marie se divertía al ver que yo aceleraba, que nuestros cuerpos iban tomando sin esfuerzo el pulso rápido de la música hasta alcanzar su plenitud. Se rio de nuestra compenetración, de la facilidad con la que nos encontrábamos. Vimos que podíamos, que para los dos encontrarnos nunca sería un problema. Abrió los brazos, danzando ante mí. Para mí. Miré sus finas muñecas; sus brazos estilizados; su elegante cabeza bien alta; sus ojos felices y orgullosos, desafiantes; su cintura tan cercana, tendida hacia mí para que la rodease, la enlazase.

Tomé sus manos entre las mías. Nos acercamos. Se detuvo un segundo para quitarse el jersey y dejarlo en una silla, regresó junto a mí en camiseta, con los hombros desnudos. Puse la mano sobre mi corazón y bromeando mimé sus latidos, latía como el corazón de todos los bailarines vencidos, enamorados. Se rio. Vi que a nuestro lado el autoestopista y Jeanne se reían a su vez sin prestarnos atención.

Sonó la tercera canción, Jeanne volvió a mis brazos. Bailamos los cuatro, prolongando más de lo habitual aquella situación en la que es raro que el deseo aumente, cuatro es un número demasiado cuadrado, dos y dos. Y luego una canción menos seductora rompió la magia. Jeanne dijo, besándonos, que tenía que irse.

Trabajo a las ocho de la mañana, pero ¡qué noche!

Yo también recogí mis cosas. Me puse el jersey mientras Marie se servía la última copa.

La música se había apagado, todo había vuelto a la calma.

Salimos de nuevo al jardín e hicimos dos o tres idas y venidas para llevar a la cocina las copas y las botellas vacías.

Fuera, la temperatura todavía era más fresca.

Cogerás frío tal como vas, me dijo Jeanne.

No te preocupes.

Espera, te dejamos un abrigo o algo, dijo el autoestopista.

Marie se acercó y me dio su chal.

Toma.

Un finísimo chal negro de cachemira.

Póntelo, Marie tiene razón, dijo Jeanne.

Me lo devuelves la próxima vez que nos veamos.

Enrollé el chal alrededor del cuello. Sentí el olor de Marie, la suavidad del tejido de cachemira como una caricia.

Esa noche, Jeanne volvió a dormir en mi casa. Era la segunda noche que pasábamos juntos y estuvo muy bien. Siempre he preferido las segundas veces. Ya nos conocemos. Hemos pensado en la primera vez. Hemos tenido tiempo de incubar nuevos deseos, de entender en retrospectiva las preferencias del otro apenas exploradas. La segunda vez es todavía mejor.

Esta vez no se apartó de la regla, de mi regla, en cualquier caso.

Jeanne se fue muy temprano. Me quedé solo.

Puse música. Una canción y luego otra. Fui a ducharme. Sentí un vacío en el estómago.

Y luego, mientras estaba en la ducha, sonó esa canción. La canción que había bailado con Marie.

Vi a Marie de nuevo entre mis brazos. Deseé estar con ella. Me sentí triste.

Cuando me vestí, vi su chal en la silla.

Me lo puse alrededor del cuello.

Salí.

Me encontré con el autoestopista en el centro.

Fue estupendo, dije, dándole un abrazo.

Él asintió con la cabeza. Y luego vi que miraba mi cuello, que tenía los ojos fijos en el chal de Marie, que sonreía al verme llevarlo así, como si no me diese cuenta.

Me quité el chal y se lo tendí.

Iba a devolvértelo.

Noté que dudaba, que no sabía si debía cogerlo.

Finalmente, se lo pasó alrededor del cuello. Lo anudó por delante, torpemente, con un gran nudo plano.

Me voy mañana, dijo con tono cordial.

10

Ahora el autoestopista se iba con más frecuencia. A veces, tanto Marie como yo pasábamos varios días sin dar señales de vida. Luego, por el contrario, nos veíamos dos días consecutivos, con o sin Agustín, íbamos a un concierto o a una fiesta, quedábamos en vernos de nuevo al día siguiente, íbamos juntos a comprar pintura, tojinos, otro taladro, un escritorio nuevo para Agustín o un caballete para mis cuadros.

Marie me hablaba de su traducción, me comentaba sus dudas entre dos giros, le divertía que ninguna palabra francesa dijera exactamente lo que decía la italiana. De todos modos, con las palabras siempre pasa lo mismo, sonreía, el sentido se escurre entre los dedos, se desvía de la intención inicial, tanto en italiano como en francés, las palabras siempre desbordan, ese es el truco, lo que hay que hacer simplemente es elegir entre los desvíos, percibir qué alternativa francesa será más fiel a la italiana.

Comparaba las palabras con viejos soldados al servicio de la lengua desde hace siglos. Decía que no nos llegaban bisoñas, que habían servido en muchas batallas antes que las nuestras. Que elegir una palabra en lugar de otra era traer a su libro un veterano con toda su historia, con toda su memoria, era preciso no equivocarse o se corría el riesgo de que la tropa entera de las palabras elegidas hasta entonces quedase descabalada.

Otras veces lo borraba todo con una sonrisa. Decía que no había que pensar demasiado. Que al fin y al cabo lo que importaba era captar y devolver el aliento. Como cuando damos un beso, decía, y me dejaba solo en el jardín para ir a llenar la tetera.

Saber al autoestopista en la carretera, paradójicamente, nos lo acercaba más, lo volvía más próximo a nosotros. Nos preguntábamos dónde estaría, qué experiencias vivía, en qué coche viajaba, junto a quién. Incluso ausente, nos acompañaba. Estaba como a nuestro lado, cogiéndonos del brazo, hablándonos. Recordándonos continuamente la exigencia de vivir.

Sentado en mi escritorio, solía imaginármelo en ese mismo momento apostado en el bordillo de una rotonda, con la mochila a cuestas, improbable y quijotesca silueta que frisaba los cuarenta, padre desde hacía años, con sus vaqueros oscuros siempre limpios y su inconfundible abrigo azul. Lo veía parado bajo el frío de finales de otoño en las afueras de una ciudad mediana del oeste, en medio de un cruce flanqueado por naves prefabricadas, entre un Kiabi y un Aubert decrépitos, sujetando su cartel en la mañana desapacible, sin otra cosa que su hiperdesarrollada facultad de persuasión para no dejarse ganar por la desesperación, pletórico, con la misma disposición de ánimo que en la época en la que nos íbamos juntos por las carreteras, y ya entonces éramos dinosaurios; el tiempo de los autoestopistas había pasado y me divertía ver que no le molestaba, que, por el contrario, nuestro anacronismo era para él como un chute, lo enardecía.

En algunas ocasiones yo tomaba el tren. Eran días en los que hacía frío y las salas de espera de las estaciones tenían ese aspecto de corte de los milagros que presentan en invierno, refugios de aire caliente adonde acuden a guarecerse todos los ateridos de la ciudad. Entre los sin techo que se congregaban allí —entumecidos, somnolientos, rodeados de bolsas de la compra de los Monoprix o Leclerc, envueltos en bufandas, en mantas, capas y capas de tejidos, bolas de ropa apretadas contra otras bolas que eran sus hijos, sus pertenencias, sus carritos metálicos de supermercado, sus perros—, reconocía siluetas llegadas de otro mundo, durmientes en el santísimo suelo por elección, trotamundos por vocación, como el que una vez fui yo. Viajeros cansados, pero en tránsito, impulsados por la necesidad de provocar a la vida, a las adversidades, al asfalto. La mayoría solos, greñudos, desaliñados, sin dinero. Algunos en pareja. Casi todos alegres a pesar de la mugre, fácilmente reconocibles por su vitalidad, en medio de los otros, los verdaderos inmóviles, los sin salida, los atrapados allí, entre las paredes de aquellos limbos.

Más que el pelo largo y la ropa sucia, era su relación con el suelo lo que me llamaba la atención. Su hábito de contacto con el asfalto y el embaldosado. La liberación de cualquier incomodidad. Como una ruptura consumada con la exigencia de estar de pie. Una liberación de las prohibiciones casi siempre incorporadas sin querer: no estirarse, no armar escándalo, no estorbar, toda una moral de ser reservados, de guardar las distancias, un manual de buenos modales. Moral del respeto al vecino y a los límites, de la parcelación del suelo en fronteras bien delimitadas. Ellos, indiferentes a todo eso. Como desbloqueados. Emancipados. El cuerpo libre, convertido en maestro en el arte de ocupar el espacio, de quererlo, de ovillarse y anidar en él. Los veía tirados en el suelo y de repente recordé lo que una vez supe perfectamente: que estar en la carretera era eso. Ese agotamiento. Ese dejarse ir.

Me venían a la memoria mis propios años en la carretera. La noche pasada en Otranto bajo el pórtico de una iglesia, una noche ventosa de diciembre, medio congelado en mi saco de dormir demasiado fino, atravesado en la entrada, sobre las baldosas de mármol del pavimento. Y los faros de un coche que en medio de la noche me habían enfocado de repente, arrancándome de una somnolencia que de todas formas no llegaba a convertirse en auténtico sueño, con un viento demasiado cortante, un suelo demasiado duro, demasiado frío. *Carabinieri!* La poli. Un coche lleno de policías que habían venido a despertarme, a preguntarme qué estaba haciendo allí, por qué no me había alojado en uno de los hoteles de la ciudad. A lo que respondí con una verdad a medias: que no me llegaba el dinero. Me callé la otra razón: que quería experimentar. Ver lo que te hacía una noche en la calle en invierno. Saber. Unos minutos después, sumido de nuevo en mi somnolencia semicongelada, oí volver el coche y los faros me iluminaron de nuevo. Sin decir una palabra esta vez, lo más discretamente posible —como si los faros en plena cara fuesen a pasar inadvertidos—, la policía había venido a taparme con cartones, a arroparme como un bebé. Sonreí para mis adentros, les di las gracias repitiendo *grazie, grazie mille* y me dormí reconfortado.

¿Todavía era capaz de noches como aquella? ¿Era una facultad que, una vez adquirida, no se perdía jamás? Ahora era uno de los que no se tumban en el suelo, de los que ya no tienen tiempo. De niño gateas, te caes. Conoces el suelo a través de los pies y las manos. Íntimamente. Luego el suelo se aleja. Ser adulto es ya no saber caerse. Es vivir en un cuerpo que ha perdido la memoria del suelo, que no sabe cómo vivir con él, que le tiene miedo.

¿Seguía tumbándose en el suelo el autoestopista? Me lo imaginaba más digno. Ropa limpia. Bien afeitado. *Buen porte* son las palabras que me vienen a la cabeza. Negándose a ceder al cliché del vagabundo. Prefiriendo permanecer despierto cuarenta y ocho horas antes que ingresar en la imaginería del pendenciero desabrido. Conservando la misma elegancia que entonces, en la época en que, si uno de nosotros podía ser llamado gitano, era yo, no él.

11

Marie y Agustín esperaban sus llamadas. Sobre todo Agustín. El autoestopista jamás hacía promesas, no fijaba citas. Era igual porque enseguida se convirtió en un hábito. Los lunes por la mañana antes de ir a la escuela. Los jueves por la noche. ¿Por qué los jueves y no los miércoles o los viernes?

Agustín se daba cuenta de esas recurrencias, le gustaba aquella especie de rutina, se preparaba para anticipar las llamadas. Marie me describía sus juegos en el salón los lunes por la mañana, a dos pasos del teléfono, después del desayuno. Las piezas de Playmobil al pie del sofá para engañar la espera. Sus esfuerzos por mantener la calma cuando por fin sonaba el teléfono y aparecía un número desconocido, precedido de un prefijo inusual. La prisa con la que contestaba y comenzaba a hablar con su padre como si no hicieran más que reanudar una conversación interrumpida la noche anterior. Sus trucos para prolongar la llamada lo más posible, como si sus compañeros de clase no estuviesen fuera metiéndole prisa y los padres sermoneándolos, venga, niños, no veis que somos los últimos, moveos, por amor de Dios.

Y Agustín, durante ese tiempo, imperturbable.

¿Y qué estás haciendo ahora, papá? ¿Dónde has desayunado? ¿Qué café? ¿Largo o *ristretto*?

Pronunciaba *ristretto*, haciendo vibrar la *r* tal como el autoestopista le había enseñado la última vez que se habían visto.

Colgando el teléfono, por fin, con una tranquilidad insolente y caminando hacia la puerta para reunirse con Marie, que ya tenía el abrigo sobre los hombros. Yéndose los dos al frío, como a salvo de todo ahora, ajenos a la absurda precipitación general, sin prisa alguna. Caminando tranquilamente hacia la escuela y llegando los últimos, pero a tiempo. Con una serenidad capaz de apaciguar de inmediato la impaciencia del bedel, que se daba cuenta de que cualquier enfado sería ridículo ante la paz de aquellos dos, cualquier reproche inelegante, y acababa encogiéndose de hombros con una sonrisa indulgente y tranquilizando a Marie al oírla pedir disculpas.

Son las ocho y media pasadas. Solo llega dos minutos tarde, no importa, antes o después nos ocurre a todos.

A veces el teléfono no sonaba.

Agustín esperaba sin moverse del sofá. No decía nada, no exteriorizaba ninguna decepción, se contentaba con seguir leyendo en silencio, absorto, tranquilo. Marie seguía con la mirada los minutos en la esfera del despertador, miraba al chiquillo empeñado en aparentar que no pasaba nada, como si no estuviese esperando la llamada de su padre, como si le importase un bledo que el teléfono sonara o no. El bullicio de los niños caminando por la acera llegaba poco a poco, atravesaba las paredes, llenaba el salón, alcanzaba su punto máximo durante cinco minutos y luego empezaba a disminuir. Pronto solo se oían dos o tres voces esporádicas. Agustín se levantaba e iba a ponerse el anorak sin decir una palabra. Abrían la puerta y emprendían bajo el frío el camino de la escuela.

Habrá tenido algún contratiempo.

Estará en algún rincón perdido, no pasa nada, llamará el jueves.

Marie dirigía los ojos al rostro de Agustín. Miraba la carita del niño orgullosamente tensa, negándose a dejarse abatir.

También es culpa de los que quitan las cabinas de todas partes, ¿cómo quieren que hagamos para llamar por teléfono?

Marie le pasaba suavemente la mano por el pelo y le decía que sí.

Tienes razón, llamará el jueves, cuando esté en un lugar mejor.

Te quiero, añadía. Sabes que te quiero, mi rey, dándole un último beso en el pelo antes de verlo dirigirse al patio de la escuela, corriendo hacia los otros chicos, llamándolos.

¡Aram! ¡Gaspar!

A veces, el jueves por la noche la llamada tampoco se producía.

Había signos premonitorios: la ausencia de llamada el lunes anterior, la postal que no llegaba hacía tiempo. Comían los dos un plato de sopa o una *pizza* que iban a buscar al Petit Naples. Luego Marie ponía una película. Algunas tardes yo estaba allí y nos sentábamos los tres ante una de Clint Eastwood o una comedia de Pierre Richard.

Otras veces me encontraba con Marie y comprendía que había tenido noticias. La sentía lejos de mí, como si también ella se hubiese ido, ligada al autoestopista por un lazo renovado y fortalecido. Me contaba que estaba en Champagne, en el País Vasco o en Montluçon. Lo decía con calma, feliz, enamorada. ¿Te das cuenta? El muy cabrón pegándose la gran vida en las playas de la Vendée, decía con una sonrisa feliz, y me daba la impresión de que volvía de allí, de que no acaban de hablar, sino de verse, de que en su rostro seguía brillando la luz de la playa.

Adivina dónde durmió anoche.

Y tenía que adivinar dónde había pasado la noche aquel gilipollas metido en su maldito saco de dormir. Qué locura, ¡en un cobertizo de tablas de *windsurf!*, ¿te imaginas? ¡No me digas!, ¿en un cobertizo de tablas de *windsurf*? Como si a mí me importara lo que hiciese el tío. Y cuando me lo contaba, veía en su expresión lo orgullosa que estaba, mi chico duerme en noviembre en un cobertizo de tablas de *windsurf* y me llama al amanecer para decirme que me quiere; me daba cuenta de que esa idea le gustaba, de que saboreaba la libertad de los dos, la del autoestopista, pero también la suya, su libertad de mujer capaz de querer a un hombre en la distancia, de quererlo incluso en las carreteras, incluso ausente, de quererlo con aquellas ausencias, por aquellas ausencias.

12

En cada regreso, Agustín hablaba largo y tendido con su padre. Le hacía preguntas sobre el autostop, sobre los conductores, sobre los lugares que había visto. Le preguntaba qué se cultivaba en las regiones que había atravesado o cómo se construían las casas.

A este paso, voy a convertirme en especialista de Francia, decía el autoestopista riendo.

Y luego puntualizaba.

Bueno, de Francia, exactamente... De sus autopistas. De las entradas y salidas de las autopistas.

Conocía todas las áreas de servicio de las autopistas. Podía informar sobre las menos caras, las más acogedoras, las más arboladas. Aquellas en las que los encargados de la cafetería lo dejaban en paz. Sabía las que cerraban por la noche y había que esperar hasta el día siguiente por la mañana. También las que, por el contrario, permanecían abiertas las veinticuatro horas del día. O las que, lejos de una gran ciudad o tras un largo tramo sin parada posible, eran tomadas al asalto por los conductores.

Dentro de poco, seré capaz de hacer una guía: *Las mejores áreas de servicio de Francia,* bromeó y, con *mejores,* era obvio que quería decir las más hospitalarias, las más favorables para los viajeros como él, propicias no solo para una espera agradable, sino también para un encuentro rápido con los automovilistas que iban lejos, en la dirección deseada y con plazas libres a bordo.

Añadía que, en el fondo, es como el juego de la oca: hay casillas malas y buenas. La paradoja cruel era que cuanto más hospitalaria fuese un área, más rápido se partía, al contrario que en las inhospitalarias, donde podía quedarse empantanado durante horas.

Pero ¿cómo haces?, le preguntaba Agustín. Cuando llegas a un área, ¿qué haces y qué dices?

El autoestopista sentaba al niño en sus rodillas, lo rodeaba con sus brazos y le contaba.

¿Qué quieres que haga? Lo que hace todo el mundo. Voy tranquilamente a tomar un café, voy al baño. A veces compro una manzana o cualquier otra cosa para comer. Hago un descanso. Me lo tomo con calma. Los demás me ven, se dan cuenta de que, en el fondo, somos parecidos, comemos el mismo sándwich, tomamos el mismo café.

Mencionaba el intercambio de miradas. La importancia de ese entendimiento discreto, apenas una sonrisa mediante la cual entraba en contacto con un conductor de rostro agradable, casi concertaba una cita con él, dándole a entender que se lo pediría, pero dentro de unos minutos, una vez satisfechas las comprensibles urgencias del momento, ir al aseo, comer, relajarse.

Describía el extraño momento en que, concluida la transacción, se cierra el trato y, entonces, en un abrir y cerrar de ojos, el juego de muda interpelación se interrumpe, de pronto no es de la menor utilidad, no hay que convencer, simplemente esperar a la traducción en actos de la promesa tácitamente hecha. Conductor y autoestopista vinculados a partir de ese momento, con la misma idea *in mente:* dentro de un momento, en unos minutos apenas, vamos a estar sentados uno al lado del otro en el mismo habitáculo, charlaremos, nos contaremos mutuamente nuestras historias, intercambiaremos nuestra visión de la vida y, finalmente, sabremos uno del otro más de lo que saben de nosotros algunos de nuestros amigos más íntimos.

Algún día deberías escribir sobre los habitáculos del coche, me decía, dirigiéndose a mí en presencia de su hijo, como si el reparto de tareas entre nosotros tuviera que ser eternamente ese: él, vivir; yo, escribir, inexorablemente, sin que jamás ni uno ni otro pudiésemos escapar a nuestro destino. Algún día deberías intentar decir todo lo que esos interiores tapizados cuentan tan pronto como se entra allí. El habitáculo y su ocupante como un mundo efímero, un paréntesis, una isla. La repentina intimidad de los cuerpos, de las manías, de los gestos. El lugar tomado por el mínimo borborigmo, el más leve olor inmediatamente detectado por las dos narices en cohabitación. La imposibilidad de escapar a los sentidos del otro. La imposibilidad simétrica de sustraer los propios sentidos a la presencia física del vecino, al volumen de su cuerpo. Cada uno de los pasajeros al desnudo. Prisionero del mismo aire confinado que su vecino. Condenado a compartir cada SMS, cada llamada, cada intención de llamada. La misma situación que a bordo de una pequeña embarcación, pero sin la escapatoria del aire libre. Sin la refrescante limpieza de altamar.

13

Por la noche, cuando venía a mi casa, nos sentábamos junto a la ventana y nos quedábamos allí charlando, mientras observábamos la ciudad sumida en el comienzo del invierno, las ventanas cerradas, los interiores iluminados desde las seis de la tarde. Saboreábamos la tranquilidad de discutir libremente, sin ser escuchados por nadie. Hablábamos, callábamos, permanecíamos largo rato en silencio, la mirada perdida en el edificio de enfrente, en los tejados aledaños, escuchando el silbido del mistral en la calle, que sacudía de vez en cuando un postigo. Era como si después de pasar día tras día en la carretera soltase lastre, descansase, se dejase ir.

Me hablaba de sus automovilistas. Los conversadores. Los bocazas. Los filósofos. Los estresados. Los tranquilos. Conversábamos hasta muy tarde y, a medida que el tiempo pasaba, las luces en las ventanas de los edificios se apagaban, caía la noche. Antes de irse, daba un vistazo a mis últimos cuadros, se ensimismaba en la lectura de los cientos de líneas apretadas en los bordes de cada lienzo, se tomaba la molestia de descifrar incluso los garabatos difícilmente legibles y asentía con entusiasmo exagerado, pero que me hacía sentir bien; el entusiasmo preciso que yo necesitaba.

A veces era yo quien iba a cenar a su casa. Llegaba después de que se acostase Agustín. Marie bajaba a sentarse con nosotros, se quedaba una hora o dos, volvía a trabajar o salía con Jeanne y sus amigos. El autoestopista cogía del aparador la botella de ron y servía dos vasos.

Por cierto, ¿te he hablado de Fabienne, la psiquiatra que me llevó de Lorient a París?

¿Te he contado que Thierry me iba a llevar solo durante treinta kilómetros y al final viajé con él cinco horas?

¿Te he comentado lo de Georges, el músico que coleccionaba guitarras y había grabado un fragmento de media hora con Deleuze leyendo pasajes de *El viajero* de Nietzsche?

No recuerdo si ya te he contado lo de Alexandre, un estudiante de Amiens que me dijo: Bueno, lo que es yo, escapo del amor, enseguida me abro; ¡pff!, tampoco sé muy bien si era amor, hace seis años que nos vemos y me da la impresión de que ella se encariñó, pero yo todavía no siento nada; igual tendría que decírselo algún día.

¿Te he hablado de Martine, que había conocido a Jean-Pierre en un club nocturno de las afueras de La Roche y seguía amándolo treinta años después? Cuando me recogió, tan pronto como me acomodé en el asiento del pasajero, se dio cuenta de que se había olvidado el bolso en la casa en la que acababa de hacer la limpieza; así que dimos media vuelta para ir a buscarlo y, cuando llegamos, lo vio inmediatamente: los dueños de la casa se lo habían dejado en la entrada para no tener que abrirle de nuevo la puerta. Martine se limitó a recoger el bolso, subió al coche y nos fuimos.

¿Te conté que Sabrina iba a ver a Jonathan cerca de Olonne y de repente dijo que no lo amaba? Tengo que dejarlo, me explicó con tono resuelto, como una promesa; voy como todas las semanas, como todos los viernes por la noche, voy a buscarlo atenta como siempre y él no sospecha nada, me espera como si fuésemos a hacer nuestra vida juntos, pero yo sé que se acabó, que quiero acabar con esto. Hizo una pausa y resopló: No puedo más. Había hecho todo lo posible para contener las lágrimas, me miró sonriendo para disculparse: Llevo un año intentándolo, perdone por el numerito, pero lo he hecho a propósito, a ver si así me armo de valor para dejarlo de una vez.

No sé si te he hablado de un conductor muy mayor que, nada más cerrar la puerta, me dijo: Usted es el segundo autoestopista que llevo en mi vida, el primero fue hace cuarenta años. Y luego me contó el recuerdo que guardaba de él, extraño, casi irreal: el individuo en cuestión no quería decir su oficio, iba bien vestido, parecía seguro de sí mismo, se limitaba a repetir que era un alto funcionario de la República. ¿De qué departamento?, le había preguntado varias veces el conductor, hasta que no le quedó más remedio que confesarlo: Soy verdugo, le dijo, con la mayor naturalidad posible, soy el verdugo de la República; el anterior era mi tío y ahora soy yo, es el título oficial, verdugo, soy el de la guillotina, las cabezas cortadas... todo eso; soy yo. Eso ocurrió en 1977, cuatro años antes de la abolición de la pena de muerte y en los meses siguientes todavía hubo dos ejecuciones, las dos últimas de la historia en Francia, ambas ampliamente comentadas por los periódicos; la última contada en una carta por la juez Monique Mabelly, que manifiesta su impotencia al no poder rebelarse contra el nombramiento de oficio para dar fe de la ejecución y, acto seguido, refiere la broma siniestra del famoso verdugo en el momento de quitarle las esposas al condenado, que había sido despertado a las 4 de la mañana, una frase horrible y trágica, escribe exactamente la juez: «Bueno, ya ve, es usted libre», antes de darle el último cigarrillo, el último vaso de ron y de cortarle la cabeza.

14

Las ausencias del autoestopista duraban una semana, a veces dos. Yo veía a Agustín casi todos los días. A veces iba a buscarlo al colegio para echarle una mano a Marie. El niño me veía de pie, entre los padres que esperaban delante del colegio, y se percataba al momento, venía hacia mí sin resistencia, no mostraba decepción, tampoco especial alegría. Solo venía. No necesitaba explicarle por qué estaba allí. Nos íbamos los dos. Le preguntaba qué quería hacer. Solía llevarlo a comer una crep, a pedir prestados libros en la biblioteca o al cine a ver una película.

Me guardaba muy mucho de hablar del asunto con él.

¿Qué tal? ¿Echas mucho de menos a tu padre?

La clase de pregunta que lo habría sacado de quicio, que le habría hecho mirarme con toda la ira de la que fuesen capaces sus ojos negros, y a mí me daría la impresión de arruinar en un instante la confianza lentamente construida entre nosotros.

Algunas tardes también cogíamos un mapa y lo desplegábamos entre los dos como el mapa de una isla del tesoro, tratando de adivinar dónde podría estar. Primero uno y luego el otro, igual que los curanderos o los zahoríes, dejábamos caer nuestro dedo sobre el papel. Allí donde aterrizaba, dibujábamos una crucecita y anotábamos cuidadosamente el día y la hora: lunes 18 de noviembre, 17.39 h, A55, a medio camino entre Oraison y Sisteron. Martes 19 de noviembre, 19.23 h, D765, tramo Roubaix-Tourcoing.

Para poder preguntarle cuando volviese.

Para saber si por casualidad nuestro dedo meñique acertaba.

Cambiábamos de tema, volvíamos a dibujar, a leer *Juan Salvador Gaviota,* a hablar de las reglas del fútbol, de la última película que habíamos visto juntos, de tal o cual canción escuchada en la radio.

Lo pasaba bien con Agustín y él se lo pasaba bien conmigo; era nuestra norma. Por muy inquieto que yo estuviese, lo que él quería era que me lo callase. Aunque fuese de forma burda y torpe: que por lo menos aparentase tranquilidad. Era la clase de niño que se enteraba de inmediato. Sentía lo que pensabas, si el tiempo que pasabas con él era placentero o una pejiguera. Te pagaba con la misma moneda. No por lo que pensases darle. No por los regalos que podrías hacerle. No. Por el verdadero afecto que le dieses o no.

Las ausencias de su padre eran entre nosotros como un abismo. Una zona prohibida. Un silencio macizo que ni él ni yo teníamos derecho a romper.

Era frecuente que el autoestopista, antes de salir, nos comunicase vagamente su objetivo, señalando en el mapa un palmo del territorio todavía casi vacío de trayectos rotulados. El Morvan. El Marne. La frontera con Alemania. Cantal. Como un destino aproximado, una primera zona de exploración prevista, que tal vez se ensanchase luego, a la que, sin duda, pronto sustituiría otra, que a su vez sería sucedida por una nueva, pero daba igual: el rincón en el que aproximadamente estaría primero.

Eso nos permitía acotar el perímetro de nuestras proyecciones.

¿Cómo es el Morvan?, me preguntaba Agustín.

Le describía los bosques caducifolios, la redondez de las colinas, los rebaños de vacas, el agua de los ríos, los canales, las esclusas, los aserraderos. Abría la *Guía francesa de árboles y arbustos*. Consultaba Google Imágenes. Miraba la pantalla cubrirse de paisajes verde hierba, trozos desgajados de un mundo enteramente hecho de bosques, de ríos, de cantos rodados. Le mostraba a Agustín los campanarios aquí y allá, los tejados de pizarra, los puentes sobre los ríos. Tecleaba el nombre de las áreas de las autopistas de la zona. Genetoy. La Chaponne. Hervaux. Montmorency. Ruffey. Las miraba a vista de pájaro, más o menos amplias, parecidas —a cada lado de la cinta gris de la autopista— a dos excrecencias en forma de oreja, punteadas con brillantes manchas de automóviles.

Agustín se cansaba y volvía a sus juegos. Yo continuaba solo, remontando la autopista, imaginando al autoestopista en algún lugar de aquella cinta, en el corazón de aquella corriente, viendo deslizarse a lo largo de las ventanillas el flujo ininterrumpido de bosques, campos, terraplenes invariablemente arbolados de las mismas hayas y ojaranzos, desfilar las mismas viñas con las cepas deshojadas por el otoño, los mismos campos de alcachofas gris pálido, los mismos surcos sembrados de alfalfa, los mismos campos en barbecho, las mismas extensiones cubiertas con largas tiras de plástico negro o blanco, las mismas vacas, los mismos sotos, las mismas cortinas de álamos cortavientos, las mismas espadañas de aldeas a lo lejos, los mismos carteles chillones de los polígonos industriales atravesados bajo un cielo nublado, los mismos paneles indicadores de entrada y salida de la ciudad, Saint-Étienne-du Mont, Saillans, Port-sur-Saône, Athis, Grès, Saint-Martin-de-Crau, Loudéac, Givors, Bourg-Saint-Andéol, Pont-Saint-Esprit, Montaigu, La Tranche-sur-Mer, Limoges, Bayona.

Francia.

Esa entidad extraordinariamente vaga y circunscrita al mismo tiempo, a cuyo asalto, por así decir, él partía cada vez marchándose por las carreteras.

Me quedo en Francia, respondía a quienes le preguntaban adónde iba.

Me quedo en Francia, como para tranquilizarlos, como si Francia fuese una pieza de la corteza terrestre suficientemente familiar como para que no tuvieran que preocuparse por ello.

Me quedo en Francia, como si dijera que no iría más lejos que al café de la esquina, no os preocupéis, no creáis que voy a hacer un viaje largo, qué va, me quedo aquí, estoy muy cerca. Como si Francia no tuviera 643 000 kilómetros cuadrados, como si no fuese de la Bretaña a Niza, de Hendaya a Remiremont. Me quedo en Francia, como si el resto fuera solo una anécdota, las diferencias entre la Alta Saboya y las Landas solo las ventajas comparativas que siempre se pueden encontrar entre dos cafeterías contiguas en la misma plaza del pueblo; la diferencia de temperatura y los mil kilómetros que separan la Lorena de la Costa Azul tan indiferentes como los pocos pasos que más o menos hay que dar para encontrarse en un extremo u otro de la calle mayor de un pueblo.

Algunos se burlaban, le reprochaban que no visitara nada, que nunca se detuviese en ningún lado.

¡Francia, Francia! ¡Pero si no la ves!, lo pinchaban. ¡Qué vas a ver si básicamente te dedicas a atravesarla a 130 por hora! Si nunca dejas la autopista salvo para pernoctar en el motel más cercano.

Él no se inmutaba. Mostraba su mejor sonrisa antes de contestar.

¿Y qué?

Pues que Francia no es eso.

Ah, ¿no? ¿Acaso no es así como existe para la mayoría de nosotros? Bosques y campos observados por la ventanilla de nuestro automóvil o desde la del tren. Un bloque de verde y de marrón entrevisto al otro lado de la valla de la autopista que cada uno de nosotros podría describir, por haberla recorrido miles de veces, el bulto, el brillo, los matices, los ribetes.

La valla nacional, el verdadero vínculo de nuestro territorio, decía burlón, de Provenza a Flandes, del Jura a las Landas. El verdadero indicador de esa francesidad que algunos buscan por doquier sin encontrarla, como la valla alemana lo es probablemente de germanidad y la italiana, de italianidad.

Sostenía que no había que buscar otra cosa, que Francia era eso: el trazado horizontal de una valla y, por encima de la valla, el campanario de una iglesia deslizándose a lo lejos, el puñado de casas de una aldea ya desaparecida, devorada por los matorrales y los bosquetes de árboles, tragada por las curvas del relieve, la niebla, los tonos pálidos de las colinas y la llanura. Y de nuevo alrededor el vacío, los campos, los surcos del arado. De nuevo, aquella tela semiabstracta miles de veces contemplada sin querer y, sin embargo, infundida año tras año en nosotros. Convertida en algo tan íntimo para nuestros sentidos que ha acabado por habitarnos, y si por casualidad atravesamos los Pirineos y pasamos a España o cruzamos el Rin para entrar en Alemania enseguida nos damos cuenta, un inexplicable extrañamiento nos lo advierte, y de inmediato una voz nos susurra, ya no estamos en Francia.

Le gustaban los paneles castaños de señalización que bordean la autopista. Los nombres célebres leídos en medio del paisaje desierto, en vertical con el arcén de parada de emergencia: Cueva de Lascaux, Abadía de Thoronet, Puente del Gard, Macizo de Luberon, Jardines de Valloires, Lago de Salagou. Los contemplaba con entusiasmo, buscando en la lejanía la dirección indicada por la flecha. Se divertía al no ver nada más que vacío, árboles, una colina totalmente desierta. Como si la finalidad de los carteles marrones fuese no tanto llevarnos a dicho lugar, decía, como hacer vibrar esos nombres en el paisaje. Cargarlo con su aura. Recordarnos la suerte de vivir en este país, en Francia, reserva de lugares excepcionales que un día podríamos decidirnos a visitar, aunque mientras tanto sigamos circulando en quinta, cortando el decorado con lentas ondulaciones, lentos giros de volante, pliegues y repliegues suaves de las líneas de las colinas, danza lenta y elástica del paisaje-tortuga, balanceo de elefante de las montañas y llanuras suavemente desplazadas.

Le gustaban las autopistas. El tobogán de las autopistas. La imposibilidad de dar marcha atrás. En la autopista nunca se retrocede, decía. No hay lugar para el arrepentimiento. Se para lo justo para pasar un peaje o para repostar e irse. Siempre hacia delante. Se devora el espacio. Se le vence. Se le engulle. Llegada prevista dentro de cinco horas y siete minutos, anuncia el GPS. Llegada en tres horas y veintitrés minutos. Llegada dentro de cincuenta y tres minutos. Ya no es espacio. Es tiempo. Una simple cantidad de tiempo que vemos fundirse.

Hay quienes están en la orilla del río, seguía diciendo, y quienes *son* el río.

Sostenía que era la pequeña granja situada al otro lado de la valla la que no veía Francia, no él, desde luego.

15

Lo diré alto y claro: el autoestopista no huía de nada. Cuando estaba aquí, se entregaba en cuerpo y alma. Estaba de buen humor. Contento. Se daba cuenta de su suerte. A menudo lo veía abrazar a Marie, buscar con la mirada su aprobación, esforzarse en hacerla reír. El autoestopista estaba enamorado, eso seguro. No era de esos hombres que se asfixian, se ahogan, ansiosos por atreverse por fin a echar una cana al aire, a hacer una escapadita demasiado tiempo aplazada por falta de valor, disfrazada de fidelidad; en realidad, falta de audacia pura y dura. No hay nada más tristemente banal que un hombre que rompe sus cadenas.

Era como si siempre necesitara que su trayectoria rozase a otros. Como si su apetito, su curiosidad, su hambre, le impidiesen visceralmente renunciar a la multitud de encuentros posibles. Quizá tenía, más que ningún otro, conciencia de la multitud de seres vivos lanzados al mismo tiempo que él a la locura de la existencia. Quizá percibía con mayor agudeza su presencia en torno a él, igualmente ocupados en vivir, en amar, en morir.

He visto a muy pocas personas en mi vida para quienes el prójimo no fuese nunca una carga, una fatiga, una molestia, sino, todo lo contrario, una suerte. Una fiesta. La posibilidad de un suplemento de vida. El autoestopista era uno de esos seres. Era como si tuviera siempre en mente la idea de que cada ser colocado en su camino no volvería a estarlo jamás. La conciencia de que, si quería conocerlo, era en ese momento.

Regresaba al cabo de dos semanas, contento de volver a vernos, dichoso al hallarse de nuevo en la comodidad de la casa, de saborear la paz. Era el hombre que regresa. El minero que vuelve del subsuelo. El infatigable trabajador que se desploma en su cama después de semanas de un combate secreto con el universo. Yo lo veía crecido. Curtido. Todavía más fuerte. Tanto que todo le parecía una minucia a primera vista. Cogía en brazos a Agustín y lo levantaba hacia el techo como una pluma. El niño reía. Reía de sentir los brazos de su padre dotados de aquella fuerza sobrehumana. Yo miraba al chiquillo pegado al techo, los brazos del autoestopista llenos de tal energía que ninguna fatiga significaba nada para él.

Me preguntaba qué obstáculos había tenido que vencer para volver así. Estaba junto a él como al lado de una naranja rebosante de jugo, defendida por una corteza demasiado gruesa. Lo sentía colmado. Repleto por dentro, heterogéneo, compacto. Inalcanzable.

Necesitaba tiempo antes de abrirse.

Cuando volvía a hablar de nuevo, lo hacía suave, lentamente. Como si la paz encontrada en el hogar fuese lo que más dolorosamente hubiese echado de menos durante su ausencia. Lo que jamás querría perder.

Marie y yo nos quedábamos mirándolo jugar con Agustín en el jardín. Observando a aquel ogro. Aquel coloso. Aquel hombre que lo quería todo. Que lo tenía todo.

Supongo que Marie y él intentarían hablar.

Supongo que se habrían enfrentado.

Me imagino al autoestopista haciéndole esta proposición: ¿Por qué no haces autostop tú también?

Lo veo tratando de convencerla de su locura: Turnémonos.

Turnémonos, yo me encargo de Agustín.

Diciéndoselo con sinceridad, convencido sin duda de que era una buena idea.

Turnémonos y así tú también puedes ir por las carreteras.

Ella mirándolo con una inmensa tristeza en los ojos.

Al hombre que iba a arruinar su vida.

Al causante del naufragio de la felicidad de los tres.

Contentándose probablemente con responder estas palabras: Te quiero.

Te quiero. ¿Por qué no te quedas aquí con nosotros?

¿Por qué no eres capaz de permanecer diez días seguidos en un lugar?

16

Una mañana fui yo quien le echó una mano. Se le había ido el santo al cielo; se había retrasado en casa para hacer no sé qué, remoloneando, con menos prisa por salir de lo habitual. Llamó a mi puerta hacia el mediodía, con una pequeña mochila al hombro. Se echaba encima el invierno. Los días eran cortos. Me preguntó si podía acercarlo, dejarlo en la entrada de la autopista. Le dije que iba a hacer algo mejor: llevarlo hasta el área de servicio de Lançon.

Al principio se negó: ¡Está a una hora!

A cuarenta minutos, repuse, encogiéndome de hombros.

Sonrió.

Vale. Si tienes tiempo, me callo.

Caminamos hasta mi coche. Se sentó a mi lado. Salimos de la población y entramos en la autopista. El paisaje comenzó a desfilar. Los campos desnudos. La campiña sumida en el invierno. Aceleré, adelanté un camión, luego otro. Probablemente pensé lo mismo que él: que, por primera vez, quien lo recogía en autoestop era yo.

Cuando teníamos veinte años nos hartamos de hacer etapa juntos en Lançon, depositados en la gigantesca área para despegar solo unos minutos después y ser llevados directamente a París, donde estudiábamos por entonces. Como si nada fuera más fácil. Como si, saliendo de Lançon, tragarse ochocientos kilómetros en un día no fuese más que un juego de niños, la cosa más fácil del mundo.

Lançon, el trampolín soñado. La encrucijada de todos los automovilistas. La rampa de lanzamiento tan eficaz que llegar a puerto desde allí apenas tenía mérito.

¿Adónde vas?, le pregunté.

Creo que hacia Normandía.

¿Algún destino concreto?

Me han hablado de los bosques de Orne. Por lo visto son preciosos. Y luego me acercaré al mar, nunca he estado en Trouville.

¡Trouville!, repetí. Duras. Proust. El hotel Roches Noires.

Iré. Si te hace feliz, iré. ¡Cuidado, hay un radar!

Eché un vistazo al velocímetro: 130. Bajé a 110, pasé la pequeña columna gris veteada de rayas negras y amarillas.

¿Estarás fuera mucho tiempo?, le pregunté.

Ya veremos.

Giró la cabeza hacia la ventanilla y contempló la llanura al otro lado de la valla de la autopista.

Marie está harta de que me vaya. Dice que tengo un problema. Que no es normal que siempre tenga ganas de marcharme así. Le pregunté si me echaba de menos y respondió que no. Me miró cara a cara y me dijo la verdad: que me extrañaba cada vez menos; que estaba triste, pero no por lo que yo pensaba. No porque me aleje. No porque esté ausente. Está triste por acostumbrarse, triste por sentir que casi no le afectan mis ausencias.

Respiró profundamente antes de continuar. Noté cuánto le costaba.

Tú empiezas a conocerla, pero ya has visto su franqueza. Me miró y, al ver que no la entendía, me dijo estas palabras que no podían ser más claras: Cuando te vas, ni siquiera estoy triste. Estoy serena. Soy dueña de mi tiempo. Tan pronto como acuesto a Agustín, vuelvo al trabajo. Paso toda la noche en mi escritorio. Avanzo. Cuando estás fuera, avanzo una barbaridad. Varias páginas cada noche. Me meto en el libro que estoy traduciendo, vivo en él, siento que se vuelve íntimo. Soy feliz. Cuando regresas, todo se detiene. Me digo, deprisa, que va a volver. Antes ansiaba ese momento. Me apresuraba a terminar una última página para estar contigo. Ahora siempre me sigo apresurando, pero como antes de la llegada de un extraño que viene a interrumpirme, a romper mi concentración, a arrancarme de mí misma.

Me había contado todo esto con esfuerzo, casi sin parar. Dejamos atrás el área de servicio de Ventabren: pequeña y en mal estado, un par de coches cada diez minutos, un mísero aseo y una zona de descanso. Permanecí en silencio, concentrado en la conducción, esperando a que reanudase su monólogo.

Me habló de su día a día, de la tranquilidad de su vida sin mí. Me dijo que te veía. Que le gustabas. Que pasabais cada vez más tiempo juntos.

Se rio con una risa algo forzada.

Te juro que me lo dijo. Que se arreglaba muy bien sin mí, que no creyese ni por asomo que le era indispensable.

Solo quería pincharte.

Negó con la cabeza.

Estaba triste. Me lo decía todo con un tono triste. Me dijo: No soy infeliz cuando te vas. Y era infeliz al decírmelo. No me molesta que te vayas, decía con tristeza. No me molesta en absoluto que te vayas. Y casi se echa a llorar mientras me lo decía. ¿Y qué crees que hago yo esta mañana? ¿Qué estoy haciendo exactamente al día siguiente de habérmelo dicho? Pues irme como un gilipollas. En lugar de luchar, tiro la toalla. Una vez más me voy. ¿Puedes creer que sea tan imbécil? ¡Me voy, joder! Me voy otra vez. Cuando lo que debería hacer es quedarme.

Frente a nosotros se anunciaba a lo lejos el área de Lançon, a un kilómetro y pico todavía, inconfundible por los paneles de colores de las estaciones de servicio a cada lado de la vía y por el puente de restaurantes y tiendas por encima de las vías.

Hemos llegado, dijo, riéndose de sí mismo. Ya ves, normalmente soy yo quien escucha a los demás. ¡Cuando yo digo que siempre pasa algo en estos malditos coches!

Me acerqué a los surtidores de gasolina. Me puse al ralentí bajo la tejavana de la estación de servicio, entre los coches que hacían cola. Me pregunté si haría como cualquier otro conductor. Hacer lo que habría hecho si el autoestopista no fuese mi amigo y no acabase de confiarme sus sentimientos por primera vez en décadas. Dejarlo allí y arrancar deseándole suerte, como siempre han hecho todos los automovilistas del mundo.

Te invito a un café.

La proposición venía de él. Más que una proposición, una aserción que apenas me dejaba alternativa.

Te invito a un café, venga, y sonreí al oírle decir esas palabras con la misma naturalidad que si me invitase a la terraza más acogedora del centro del pueblo, como si me hiciera la invitación inesperada de una copa en el último local de moda.

Aparqué. Salimos del coche, experimentamos la sensación habitual de las paradas en las áreas de servicio: el placer de desperezarse, de estirar brazos y piernas. La sensación del duro pavimento, impersonal, extraordinariamente rígido bajo las suelas después de las vibraciones del coche.

Miramos a nuestro alrededor, examinamos la decoración que conocíamos de memoria, las líneas blancas pintadas en el suelo, el zócalo de la acera de hormigón con incrustaciones de gravilla beis, los contenedores de basura duplicados, amarillo para el reciclado de desechos, blanco para el resto. Las puertas correderas de cristal de la cafetería frente a los surtidores. Los fumadores de pie frente a la entrada. Las señales para girar en la dirección de la flecha que indicaba la zona de camiones, la de automóviles, la de pícnic.

Entramos en la cafetería, reconocimos la atmósfera impregnada de cafeína y los gritos de los niños libres al fin para desentumecer las piernas, el ambiente cargado, el aire caliente, pegajoso, gastado hasta hacerse denso. Pasamos entre las filas de enormes refrigeradores llenos de sándwiches envueltos en plástico, sándwiches vieneses, suecos, extraesponjosos, burritos, ensaladas noruegas, italianas, mexicanas, sándwiches Club XXL, sándwiches tres gustos combinados, pollo con mayonesa y cebolleta, beicon, zanahoria y pan de molde.

Me acordé de una vez que habíamos llegado juntos procedentes de Italia, dos días después de salir de Roma. Era a finales de junio o principios de julio, un día de sol tan caluroso como frío ahora. La primera noche habíamos dormido en el puerto de La Spezia, en el pequeño velero de unos amigos del autoestopista, de vacaciones en la costa genovesa. Al día siguiente, cerca de Menton, la policía nos había echado de un peaje. Tuvimos que hacer dedo en un lateral, al borde de la vía reservada para los vehículos más lentos. Allí esperamos hasta que perdimos la esperanza, desanimados por el escaso tráfico, casi exclusivamente de camiones a punto del desguace.

¡A este paso no arrancaremos nunca!

¿Cómo es posible que después de hacer Roma-La Spezia y La Spezia-Menton en un abrir y cerrar de ojos tengamos que pasar la noche aquí?

Entonces lo vimos llegar. Rugiendo, apestando, enorme, verde como todos los camiones de basura en Francia. Tan lento que, por supuesto, la pregunta no iba dirigida a semejante carraca: obviamente estoy obligado a ir por el carril de la derecha, y qué se le va a hacer, tengo que pasearme con mi carga en las narices de estos dos chavales con sus carteles.

Habíamos hecho ademán de levantar los pulgares en plan broma y tendido nuestros carteles con la dirección escrita: *Paris*. *Paris* con un sol a modo de punto sobre la *i*, cada uno se divierte como puede.

El tipo se había reído. Y luego, abriendo la ventanilla para coger el tique, se inclinó hacia nosotros.

Si queréis, os llevo.

Con pinta de decirnos: Pringados.

Voy a Toulouse, puedo acercaros doscientos kilómetros tranquilamente.

El autoestopista y yo nos miramos. Y dijimos al unísono: ¡Venga! ¡Eso está en el bote!

En un bote de mierda.

Nos habíamos subido al estribo y saltado a la cabina al lado del tipo burlón.

Recogidos por un camión de basura.

Nos dimos cuenta de que nos seguía otro.

Es mi compañero, vamos en caravana.

Todavía era la época de la BC, la banda ciudadana de los camioneros. El autoestopista llevaba con él una cinta de Fabrizio De Andrè, que le había comprado a un mantero en una calle de Roma. Le preguntó al conductor del camión de basura si lo conocía: Fabrizio De Andrè, el Brassens italiano. En fin, así es como suelen llamarle, había dicho. Cada vez que un tipo canta textos un poco trabajados acompañándose de la guitarra lo llaman el Brassens del país. Boulat Okoudjava, el Brassens ruso. Paco Ibáñez, el Brassens español. O a lo mejor somos los únicos que los llamamos así, se rio. Quizá para los españoles Brassens sea el Paco Ibáñez francés.

¿Le suena Fabrizio De Andrè?, le había preguntado el autoestopista al conductor, mostrándole la cinta todavía envuelta en celofán. Y como el tipo no decía nada, rasgó el envoltorio y deslizó la cinta en el radiocasete.

La cinta contenía un recopilatorio de canciones famosas, traducidas al italiano. *El gorila. Morir por las ideas. Suzanne.*

Suzanne, mi canción favorita, dijo el tipo.

Había escuchado la versión de Fabrizio De Andrè. Su voz profunda, sobria. Las sonoridades tan distintas del italiano, más articuladas, más abiertas, extrañas al principio, menos oscuras que el inglés de origen. Espléndidas también a su manera.

Estaba pletórico. Y para compartir su alegría con el colega del segundo camión de la basura, encendió la banda ciudadana y acercó el micrófono a la casete suspendida del techo de la cabina.

Escucha esto, Patrice.

Se lo dijo, con el atroz chirrido del transceptor, al otro oncemetrista instalado al volante del camión de la basura gemelo, que iba a cincuenta metros detrás de nosotros.

Escucha esta maravilla.

¿Qué es?, preguntó el otro, desde los cincuenta metros de seguridad preceptivos.

A ver si aciertas. ¡Escúchalo!

¿Qué es?, no oigo nada.

Es música italiana, escucha, ya verás.

Había conducido con el brazo derecho en alto todo el tiempo que duró la canción, para pegar el micrófono contra la casete de la que salía la música. Y luego durante toda la cinta, sin cansarse de saludar así al techo. No sé si su compañero apagó su emisora. O cambió de canal. O si permaneció desde el principio hasta el final escuchando con devoción la voz de Fabrizio De Andrè. Sea como fuere, no volvimos a saber de él.

Mientras tanto, el autoestopista y yo habíamos encontrado otro motivo de preocupación: la velocidad de nuestro bólido, que iba a toda pastilla —60 por hora—, por el carril derecho, como la liebre en una carrera de perros, pero una liebre chunga, coja. Tres de las cuatro patas a la virulé.

Cada coche que nos adelantaba actuaba como una succión poderosa, una onda como una bofetada, tan grande era la diferencia de velocidad. Nunca habíamos hecho Menton-Aix en semejante carrera de caracoles. Era casi una experiencia: el descubrimiento de la autopista a velocidad de tractor. En cada área de servicio que pasábamos dudábamos si bajarnos. Y entonces teníamos escrúpulos de insultar a nuestro anfitrión, así que decidimos sentarnos cómodamente en nuestros asientos y charlar como si tuviésemos toda la vida por delante, lo cual no era falso.

Nos había dejado en Lançon al cabo de cinco horas. En el mismo lugar en el que nos hallábamos ahora, delante de los mismos surtidores. Nos habíamos despedido de nuestro amigo conductor del camión de basura. Y allí estábamos de nuevo. Yo conducía un Clio Campus que satisfacía con creces mis necesidades. El autoestopista llevaba el mismo cartel que antaño. Solo un poco más viejos los dos. Con un tramo de vida no desdeñable aún por delante, sin duda, pero un tramo sensiblemente menor.

Voy a mear, dijo el autoestopista.

Fuimos juntos. Me lavé las manos, las puse bajo el aire caliente del secamanos al lado del lavabo. Salimos, caminamos hacia los dispensadores de bebidas calientes. El autoestopista introdujo una moneda en una de las máquinas. El motor rugió, el vasito blanco se depositó en la abrazadera y se llenó de un líquido negruzco.

¿Quieres volver a V. conmigo?, le pregunté.

Cogió el vaso y me lo tendió, negando suavemente con la cabeza.

Muchas gracias, pero no.

Vuelve, dije.

Introdujo la segunda moneda en la máquina y pidió otro expreso.

No, repitió. De todos modos, no sirve de nada.

Noté que se irritaba. Guardé silencio. Caminó hasta una mesa alta. Se instaló allí con su café, en un taburete de barra. Esperó a que me sentase frente a él. Desde la cristalera podíamos ver los coches en el aparcamiento. El tupido césped de los parterres cuidadosamente bordeados de cemento. El bloque de hormigón de los aseos y duchas para los camioneros.

He vuelto a pensar en la conversación de anoche con Jeanne, dijo, una vez sentados ambos. En su pregunta: ¿Por qué?, ¿por qué lo haces? He vuelto a pensar en las razones que esgrimí, las mismas que me doy siempre a mí mismo cuando intento explicarme todo esto: el gusto por los encuentros; el deseo de conocer gente, de ver mundo, de coger el portante. Jeanne tiene razón: ¿cuál es verdaderamente mi problema? Puedes tener ganas de ver a los que quieres, estar impaciente por reunirte con ellos, desde luego, pero ¿cómo es posible que desees pasar tiempo con gente que no conoces, que tengas ganas de conocer hombres y mujeres abstractos, sin rostro todavía, sin contornos precisos, simples ideas de hombres y mujeres?

Apuró el café siguiendo por la cristalera la llegada de una berlina familiar que acababa de aparcar. Vio abrirse una tras otra las puertas del vehículo, bajar un miembro de la pareja, luego el otro, abrirse sola la portezuela trasera y salir las piernas de un adolescente, luego al padre abriendo la otra y sacando de su silla a una niña de tres o cuatro años.

Sé que yéndome echo a perder mi historia con Marie. Y sin embargo me voy. Ni siquiera debería decir «y sin embargo». Es casi lo contrario: me voy precisamente porque no debo, con la conciencia muy clara de cometer una estupidez. Es una locura y, sin embargo... Todo me dice que no debo, que es estúpido... y entonces lo hago. Lo hago porque sé que es grave. Porque... Todo va demasiado bien. Todo es demasiado perfecto. Hay algo en mí que quiere romper eso. Liberarse. So pena de decepcionar. So pena de tirarlo todo por la borda.

Se rio un poco tristemente de sí mismo. Se quedó mirándome.

Debes de pensar que estoy loco.

No, te escucho.

Sí. Creo que estoy loco. No entiendo cómo puedo dejarme llevar por semejantes memeces. Creo que si quisiera menos a Marie y a Agustín sería más sencillo. Me sentiría menos prisionero. No estaría tan atado como estoy. En cierto modo eso es lo que me pesa: quererlos tanto. Ser un padre tan devoto.

Estrujó el vaso de café y me preguntó si quería otro. Le di las gracias, hice lo propio con el mío para que viese que lo había terminado, pero ni se fijó. Ahora era imparable.

Voy a por otro.

Se dirigió a la máquina y volvió con otro café.

Recuerdo el día en que me di cuenta de que me había convertido en un adulto. Ya vivía con Marie, Agustín tendría unos dos o tres años, yo trabajaba desde hacía años más o menos en lo mismo que hoy, de carpintero aquí y allá, haciendo chapuzas de todo tipo, electricista si hacía falta, fontanero o incluso jardinero si me lo pedían, ni mucho ni poco, lo suficiente para mantener el equilibrio justo, aportar en casa la parte correspondiente de mis ingresos y reservar tiempo para mí, no dedicarme en cuerpo y alma al trabajo. Marie ya era traductora, traducía ya a Lodoli y otros autores que le gustaban. Es decir, que nuestra vida era ya lo que es ahora y estábamos satisfechos con ella; pensábamos a menudo que teníamos suerte, nos encantaba vivir en V., teníamos amigos, sentíamos que era un lugar donde probablemente nos quedaríamos bastante tiempo, en definitiva, que estábamos bien.

Y una mañana me levanté y me dije: Ya está, eres mayor. Me di cuenta de que tenía que dejar de repetirme la frase «más tarde, cuando sea mayor». Que la cosa ya estaba: *era* mayor. Me había vuelto mayor sin querer. Sin que nadie me lo advirtiese. Comprendí que no habría prueba que pasar. Ni monstruo que vencer ni nudo que cortar. Ni gong percutiendo solemne. Ni voz paterna susurrándome al oído: Es ahora, has llegado. Me di cuenta de que no había ninguna línea que cruzar. Ningún cabo que doblar. Ningún obstáculo que superar. Que ser mayor a partir de ahora sería aquello: la continuación de aquel presente, de aquella lenta translación, de aquel deslizamiento casi imperceptible, solo detectable en la erosión de algunas de mis facultades, en el encanecimiento de mis sienes y las de Marie, en nuestra renuncia cada vez más frecuente a tal o cual locura que alguna vez nos pareció la salsa de la vida, en la estatura cada vez más alta de Agustín, en su energía cada vez más fascinante, en su voraz apetito de ogro decidido a devorarnos cada día un poco más.

Me di cuenta de que no iba a ocurrir nada; de que no había nada que esperar; de que los días y las semanas seguirían pasando como siempre; de que el tiempo seguiría siendo aquella lenta sucesión de años más o menos investidos de proyectos, de deseos, de entusiasmos, de veladas más o menos vividas. De días a veces vividos con intensidad, imaginación, luz, días, por así decirlo, plenos —como se dice de la diana de cartón de tiro al blanco acribillada de perdigones—, y otras veces abandonados de mala manera a la noche que ha llegado demasiado pronto. Desertados por exceso de fatiga o de ajetreo. Perdidos. Días en blanco, despojados del menor entusiasmo, del menor regocijo, del menor impulso vital. Días sin aliento, concedidos al crepúsculo prematuro, a la noche que cae inexorable pese a nuestros esfuerzos para retrasar nuestra derrota, y entonces caminamos resignados hacia el lecho prometiéndonos ser más astutos al día siguiente, más imaginativos, estar más alerta, más vivos.

El autoestopista se calló. Las puertas de vidrio se abrieron. Entró un hombre seguido de su hijo y se dirigió a la caja. Miré mi teléfono: hacía más de dos horas que estábamos allí, atornillados a aquel velador alto, con la mochila del autoestopista a nuestros pies. Pensé que seguramente las personas que nos rodeaban habían cambiado diez veces.

Me di cuenta de algo muy extraño: habíamos tenido que venir hasta aquí, alrededor de una incómoda mesa de cafetería en el área de servicio de una autopista para hablar como jamás habíamos hablado.

Le pregunté si no tendría que ir pensando en irse, que con aquel tiempo de perros se hacía de noche a las cinco de la tarde.

Me miró.

¿Tienes prisa por que me vaya?

Lo digo por ti. Si quieres estar en Normandía esta noche, aún te queda una buena tirada.

Sonrió.

Me voy, no te preocupes.

Se puso los guantes. Se encasquetó el gorro. Recogió su mochila y salimos.

¿De qué lado vas a atacar?

El conductor que va solo, el de la matrícula de París. Es mío.

Nos abrazamos. Le deseé buen viaje. Sacó de su mochila un fajo de hojas blancas apretadas en una funda plástica, buscó entre los carteles ya preparados con gruesos trazos de rotulador negro, la mayoría con las puntas dobladas, abombados por la lluvia, mil veces utilizados. Sacó el cartel de AUXERRE y lo puso contra la funda de plástico.

¿Auxerre de una tirada, estás seguro?

Auxerre como mínimo y me quedo corto, tío, que estamos en Lançon.

Blandió su cartel para mostrarlo a los automovilistas aparcados delante de nosotros.

El de la matrícula de París le dijo que no, riéndose. Los demás también negaron con la cabeza.

Que tengas buen viaje, te dejo.

Antes de irme, cogí el móvil.

Para Marie. No te muevas.

Saqué la foto, que envié al momento.

Me giré una o dos veces más mientras caminaba hacia mi coche. Vi al autoestopista pasar ante los fumadores apostados en la entrada. Luego se dirigió hacia los coches parados en los surtidores, sosteniendo sonriente el cartel.

En el momento de arrancar, lo vi apoyarse en la ventanilla del coche de una vieja dama y bajar la cabeza afirmativamente. Sí, me conviene. Lo vi apresurarse a rodear el coche, un pequeño Polo negro con matrícula de Val-d'Oise, abrir la puerta delantera derecha, deslizarse en el interior con la mochila entre las rodillas y ponerse el cinturón de seguridad.

Conduje despacio y pasé muy cerca del Polo, que todavía estaba a la espera. A través de la ventanilla cerrada vi al autoestopista sonreírme encantado, vocalizando para mí su destino: PARÍS. Levanté el pulgar para decir bravo y saludé a la conductora amistosamente. Observé los pesados pendientes dorados que colgaban de sus orejas, el estiramiento facial, el jersey rosa de cuello cisne. La clase de dama por la que jamás de los jamases habría apostado ni un céntimo.

El Polo desapareció de mi retrovisor. El área de servicio se desvaneció. Miré el asiento vacío a mi lado. Vi debajo una carpeta de cartón olvidada. Sin dejar de conducir me incliné para recogerla. La abrí. Vi los carteles en su interior: BOURGES.

CLERMONT. LILLE. VIENNE. LE MANS. BREST. ISLA DE RÉ. BAYONA. CARHAIX. BESANÇON.

Pensé en mi texto en ciernes, en la dichosa *Melancolía de los paquebotes*; en los lienzos que me esperaban en casa, en el segundo piso de un edificio sin encanto del pueblecito de V., los malditos lienzos a los que me había consagrado desde hacía meses.

Encendí la radio, puse France Culture, luego France Inter, luego 3DFM.

Apagué la radio.

Me sentí solo.

17

El mundo se divide en dos categorías: los que se van y los que se quedan.

Al llegar a V. aparqué cerca de la plazuela. Vi la reja abierta y comprendí que Marie estaba en casa. Llamé a la puerta. Vino a abrirme. Le conté lo de la anciana, el gesto de la mano del autoestopista en el momento de entrar en el Polo.

¿Te dijo cuánto tardaría en volver?, preguntó Marie.

Negué con la cabeza.

Tengo que estar en París dentro de tres días. Por lo que se ve, le importa un bledo. Después de él, el diluvio. Tengo que irme dentro de tres días, una cita prevista hace seis meses, no sé cómo voy a hacer.

Puedo encargarme de Agustín, si quieres.

Hizo un gesto de irritación.

Ya veré. Gracias, eres muy amable.

Había algo duro en ella. Sus ojos me evitaban.

Te hago un café. No tengo tiempo para tomarlo contigo, perdona, estoy muy liada.

Sin esperar mi respuesta, me sirvió un café ya caliente, posó la taza humeante sobre la mesa y volvió a subir.

Siéntate si quieres. No me molesta.

Bebí el café a sorbitos, contemplando el jardín por la ventana, sorprendido de que el rosal siguiese floreciendo con las mismas rosas blancas durante tanto tiempo. Enjuagué la taza, la dejé en el fregadero y salí cerrando la puerta detrás de mí.

Fuera hacía frío.

Miré el móvil, busqué el número de Jeanne, marqué y corté antes de que sonara. Caminé a lo largo del río y me quedé observando un momento las gaviotas que habían remontado hasta allí, cincuenta kilómetros río arriba desde la desembocadura. Volví a buscar el número de Jeanne. Sonaron los tonos de llamada. Uno, dos... Diez tonos sin que respondiese.

Hola, este es el buzón de voz de Jeanne.

Colgué. Volví a casa.

Al empujar la puerta sentí el olor a trementina. Vi los lienzos apoyados contra la pared, los botes de pintura al óleo amontonados. Puse música, apagué el teléfono para que no me molestaran.

Trabajé hasta la noche.

A la mañana siguiente, nada más levantarme, volví al trabajo.

Y al día siguiente seguí trabajando.

Terminé un cuadro. Luego otro.

Durante uno o dos días creí que iba a conseguirlo, que había alcanzado mi ritmo.

Luego llegó el bajón. Era más de medianoche. Puse el cuadro que acababa de terminar al lado de los demás. Los examiné. Pensé en lo que había esperado al principio: plasmar en el lienzo algo así como el propio tiempo. Un retazo de tiempo vuelto sensible.

En el cuadro había, sobre todo, obstinación, paciencia. Una paciencia infinita. Pero le faltaba la gracia. Trabajado, pero falto de aliento.

Me sentí mal. Me dije que perdía el tiempo. Tanto ardor para nada; ridículo e irrisorio. Me sentí vacío, humillado, triste. Pero también sentí que me quitaba un peso de encima.

Cogí el Lodoli que me había prestado Marie hacía varias semanas. Releí el título de la cubierta: *Les Prétendants*. No quería hacer nada más que eso: leer. Noté alivio al permitirme este pensamiento: cobarde. Cobarde hasta nueva orden.

El libro contaba la historia de Costantino, jardinero en una villa de las afueras de Roma. La historia comenzaba en una barcaza restaurante, todo estaba tranquilo, el barco se balanceaba mansamente en el río, las luces de la noche danzaban. Costantino bebía con dos hombres, se emborrachaba con ellos como si fuesen amigos. La velada era hermosa. Y, sin embargo, la inquietud iba en aumento. Suavemente, no había brutalidad, el diálogo entre los tres hombres seguía siendo cortés. Pero Costantino comprendía que aquellos dos estaban allí para matarlo, para ejecutarlo sin ruido ni aspavientos. Con la misma cordialidad con la que hablaban en su última velada.

Roma en torno a ellos estaba tranquila. Costantino vigilaba todas las noches un inmenso parque azul donde ciertos matones acudían regularmente a enterrar cadáveres. Los hombres cambiaban de apariencia, pero nunca de nombre: eran siempre Fedele y Ottavio, invariablemente Fedele y Ottavio, y algunas noches Fedele era bajo y gordo, otras noches era alto y delgado; Ottavio a veces se tocaba con un sombrero, en otras ocasiones llevaba la cabeza descubierta, y finalmente se acababa entendiendo que los muertos enterrados cada noche por Fedele y Ottavio no eran sino los Fedele y Ottavio de la víspera, y todo el libro transcurría así, envuelto en misterio, sumido también en oscuridad, en azul, el azul de la noche sobre las grandes extensiones de césped cortado como una alfombra, el azul de las flores en la noche.

La traducción de Marie estaba llena de hallazgos que me encantaron, por ejemplo, el momento en que el jardinero, por primera vez solo en el jardín, decidió regar las plantas «porque el sol declinaba y Costantino sabía que era la hora en que, allende y aquende, se riegan los jardines». Me encantó la expresión *allende y aquende,* y el uso que Marie había hecho de esos adverbios arcaicos antepuestos al verbo. «La hora en que, allende y aquende, se riegan los jardines.» Me hubiera gustado ver el texto italiano, saber lo que Lodoli había escrito en este pasaje en particular. Conocer la frase italiana exacta y comprender qué había hecho que Marie la tradujese de esa forma y no de otra. Costantino enchufaba la manguera y se sentía importante, «era el hombre del agua». Qué portento. Al fin y a la postre no pudo evitar desobedecer por enésima vez y fue sentenciado, tendría que abandonar para siempre el jardín y era como ser arrojado del paraíso, salvo que, al irse, añadía estas palabras de esperanza: «El mundo es grande y siempre hay un rincón para los seres de nuestra especie». Estas palabras eran muy parecidas a las que el autoestopista repetía como un mantra. El mundo es grande. Y siempre hay un rincón para los seres de nuestra especie.

Me asomé a la ventana. Miré la fachada del edificio de enfrente, azulada por la oscuridad.

Pensé en el jardín de la casa donde estaban Marie y Agustín, a pocas calles de allí; en las plantas del jardín sumergidas en la oscuridad helada; en todos los jardines escondidos tras las fachadas del pueblo. En todos los Ottavio y Fedele enterrados en los jardines de Roma. En todos los muertos romanos en el fondo de las tumbas de la antigua necrópolis vecina, a un lado y otro de la avenida de sarcófagos y cipreses que en la noche debían irradiar sus largos troncos azules. En aquella cosa extraña que era la noche, simple ausencia de luz que, sin embargo, existía de forma tan poderosa, lo llenaba todo de una sustancia tan palpable que era indudablemente un elemento, no una ausencia sino una presencia, un agua, un filtro.

18

Por la mañana me despertó el día inundando el salón. Me di cuenta de que había dormido en el sofá. Volví a mirar los lienzos en el suelo, apoyados contra la pared. Abrí la ventana, hice un café, lo bebí observando las piedras del edificio de enfrente, de nuevo doradas, con cualquier minúscula aspereza de los bloques acentuada por los rayos del sol que llegaban de soslayo.

Me puse un jersey de lana y salí. Caminé hacia el río. Me crucé con los padres de un niño en bicicleta, con viejos que paseaban a sus perros, con corredores. Me di cuenta de que era temprano, las ocho y pico de la mañana, justo cuando los niños tienen que espabilar para llegar puntuales a clase.

Alcancé el embarcadero. A comienzos de enero, el río iba crecido y el agua corría lentamente, como adormecida por el frío. Habían transcurrido cuatro meses y estaba allí de nuevo, solo al borde del río. ¿Qué había hecho el autoestopista durante esos cuatro meses? Había viajado, había visto mundo, conocido gente. También podía elaborar un registro de pérdidas: había abusado de la paciencia de Marie, tal vez echado a perder su historia. Había dejado escapar la oportunidad de estar muchos días con su hijo, días que no volverían, que estaban perdidos. Irremediablemente perdidos.

¿Y yo? ¿Qué había hecho yo? Había llegado al final de una idea a la que daba vueltas desde hacía mucho tiempo. Había comprobado que no era buena, que no valía para nada. Me había acostumbrado de forma lenta pero segura a mi nueva vida en V. Había pasado de ser el recién llegado al que se invita a ser el recién llegado al que no se invita cuando se descubre que a él no le apetece demasiado.

Me acordé de la época en que compartía piso con el autoestopista. Los días que pasaba leyendo mientras él trabajaba en un restaurante. Leyendo de la mañana a la noche. Tragándome casi un libro al día. A veces dos. La brecha abierta entre nosotros por esa diferencia en nuestras vidas. Sus ojos fascinados y tristes al mismo tiempo, cuando llegaba por la noche, midiendo el foso que a la larga se abrió por la suerte que yo tenía y él no. Haber leído siete nuevos libros al final de la semana. Treinta a final de mes. Trescientos al cabo del año. Y tantos mundos recorridos, tantos países conocidos, tantas vidas escuchadas, tantas voces oídas —mientras que él volvía cada noche agotado por las horas de servicio, al límite de sus fuerzas, literalmente muerto.

Ahora era yo quien me sentía vacío. Caminé a lo largo del río unos diez minutos, pasando bajo el primer puente, luego bajo el segundo, ahora con el sol de frente, cegado tan pronto como levantaba los ojos hacia el agua salpicada de luz.

Vi aparecer una silueta a lo lejos.

Mi primo Julien, el primero en acogerme en V.

Me di cuenta de que no lo había visto desde aquella noche. Que yo no había dado señales de vida.

¡Sacha!, exclamó al verme.

Me abrazó con sincera alegría, mirándome como me miraban desde hacía años la mayoría de mis primos y mi familia. Una especie de dulce trastornado, un soñador cuyo comportamiento no podía esperarse que fuera demasiado racional ni demasiado respetuoso con las conveniencias.

Vengo de dejar a los niños en el colegio. Paso todas las mañanas por aquí, es raro que no nos hayamos cruzado antes.

Es la primera vez que paso por aquí tan temprano, le dije sonriendo.

Se rio. Con voz suave, sinceramente benévola, en la que no se apreciaba reproche alguno, me preguntó si avanzaba al ritmo previsto.

Respondí que sí, que la cosa avanzaba. Bueno, unas veces avanzaba y otras retrocedía.

Estos días tengo la impresión de retroceder violentamente, pero tarde o temprano tendrá que volver de nuevo.

Me pregunté si sabía lo mío con Jeanne. Me dio la impresión de que no, de que se lo había guardado para ella, sin decírselo ni siquiera a él, que nos había presentado.

Volví a casa. Retomé la lectura de Lodoli.

Hacia la una llamaron abajo.

¿Sacha?

Reconocí la voz de Marie. Bajé a abrirle. Estaba en la puerta, con una cesta llena de verduras en la mano.

Vengo del mercado, pasaba delante de tu casa.

¿Y Agustín?

En casa de un compañero de clase.

La besé. Cogí la cesta.

Sube.

Nos encontramos en el estrecho vestíbulo al pie de la escalera. La besé de nuevo, como si el hecho de que hubiera cruzado el umbral y entrado oficialmente en el edificio supusiera que debía saludarla de nuevo.

Gracias. Aparezco de repente, sin avisar... Gracias por recibirme sin avisar.

Las mejillas y la nariz rojas de frío le daban un aspecto alegre, de ebriedad.

A nuestros pies, unos sobres hacían ruido de papel estrujado.

El correo.

Me agaché para recoger las cartas caídas del buzón. Una comunicación de derechos. La factura de la luz. Y una postal cuyo remitente adivinamos al momento.

Te escribe. ¡Alucino!

Debe ser un privilegio de quienes lo llevan hasta Lançon.

Le tendí la postal a Marie para que la viese. Miró el mar fotografiado desde la orilla de una playa inmensa, los bloques de hormigón visibles a unos cientos de metros de la costa, como caídos allí, a intervalos regulares, semejantes a un rosario de islas artificiales cerrando la bahía. Me devolvió la postal sin mirar el reverso.

Leí el rótulo al dorso: Arromanches, playa del Desembarco.

Está en la orilla del mar, dijo Marie con una sonrisa. Tuve que cancelar mi estancia en París y el señor se larga a la playa.

Subimos los dos pisos, entramos en casa. Dejé la cesta en un rincón. Marie se quitó el abrigo. La vi sin su abrigo y su bufanda, increíblemente descubierta de repente, muy cerca. Vestida con un jersey de lana suave que daba ganas de abrazarla.

Me alegro de que esté en la playa, dije. Creo que es la mejor idea que ha tenido desde hace mucho tiempo.

Temí haber ido demasiado lejos, pero ella se rio.

¿Quieres beber algo?

Dijo que sí y se puso a mi lado.

¿Qué es?

Pasé por detrás de ella para coger los cubitos de hielo en la nevera. Nuestros brazos se rozaron. Le tendí su bebida.

¿Qué es? ¿Pastís?

Casi. Es ouzo. Lo encontré la semana pasada en el supermercado. Suele beberse en verano, pero es suficiente con imaginarlo. Es verano, estamos en Grecia, hace calor, acabamos de bañarnos después de broncearnos en grandes piedras recalentadas por el sol desde la mañana.

Bebió un sorbo. Saboreó el gusto de anís y regaliz, como si aguardase el efecto de una poción mágica.

Era como estar allí.

Cogí su mano, la atraje suavemente hacia mí. Sentí su mano en mi pelo. Le besé el cuello, los hombros, las sienes.

¡El famoso Sacha!

Se pegó a mí más fuerte, como si quisiese acoplar su pelvis a la mía. Me dejé llevar por el deseo. El deseo de ella, allí, en aquel momento.

Me volvió a besar y dio un paso atrás.

No tiene sentido, dijo riéndose.

Nada tiene sentido en absoluto, protesté.

Cogió el vaso que había posado en la mesa y lo alzó para brindar.

Leí lo de Costantino anoche, dije. Me quedé dormido con él.

Sonrió.

¿Con o encima?

Con. Soñé con jardines inmersos en la noche. Con decenas de Ottavios y Fedeles enterrados al pie de los macizos de flores.

¿Leíste el segundo relato?

Acabo de empezarlo.

El segundo es todavía mejor, ya verás.

Guardé silencio. Marie miró a su alrededor. Echó una ojeada a la cesta abandonada en la entrada. Luego al sol, fuera.

¡Y yo que solo había venido a saludarte antes de volver al trabajo!

¡Ah, no, no creas que vas a irte así como así!

Señaló una lechuga de la cesta.

Entonces prepara algo de comer, me muero de hambre.

Cogí la lechuga. La puse en el fregadero para enjuagarla, tan hermosa, tan pujante que me pareció sostener en la mano un enorme cangrejo con las patas separadas. Presioné el cuchillo con el pulgar. El corazón cedió con un silbido elástico. Separé las hojas, corté por la mitad las más grandes, anchas como el plato. Preparé una vinagreta con aceite de oliva y ajo. Comimos.

Está muy buena, dijo.

Muy buena, sí. Pero, aunque estuviese mala, me daría igual; es el mejor almuerzo que he hecho en mucho tiempo.

La postal del autoestopista seguía allí, ante nosotros.

¿Y si fuésemos nosotros también?, dije.

¿A Arromanches?

No, a la playa.

¿El diez de enero?

¿Y por qué no? ¡Mira el tiempo que hace!

Fuera, la luz del sol doraba suavemente las piedras de los edificios. El cielo estaba azul. Ni un soplo de viento.

Me miró como se mira a un niño que se complica la vida, que en lugar de aprovechar la suerte se arriesga a perderla. Pero un niño al que se ama por eso.

Se levantó alegremente, se acercó a mí y me dio un beso sin darme tiempo a inmovilizarla de nuevo entre mis brazos.

¡Venga, a la playa!, dijo. Voy a buscar a Agustín. Nos vemos dentro de una hora frente a mi casa.

19

Ya estaban en el coche cuando llegué.

En la parte de atrás había dos siluetas. Agustín y su amigo Simon.

Rodamos durante media hora. Los dos niños hablaban de un videojuego al que nunca habían jugado. Discutían por saber en qué nivel habría que enfrentarse a un monstruo de mil cabezas.

A cada lado de la carretera desfilaban la albufera y los arrozales. Los niños vieron caballos y una garza real. El coche retumbaba con sus carcajadas.

Marie aparcó al borde del mar. Los chicos saltaron fuera como una exhalación, como si no pudiesen aguantar más, como si la euforia contenida demasiado tiempo en el receptáculo pudiera al fin explotar.

Los vimos salir disparados hacia el agua, Agustín se arrojó contra una minúscula duna dorada, Simon se hundió a su vez en la arena. Se levantaron y echaron a correr a toda velocidad hacia el mar.

Los alrededores de la playa estaban desiertos, o casi. Tres coches. Una pareja sentada al borde del agua. Un hombre y su perro caminando por la orilla, a varios cientos de metros de nosotros. Y Agustín y Simon, que se divertían, la panza en la arena, como dos cocodrilos tumbados al sol.

Cogí el balón y nuestras cosas. Marie cerró el maletero. Caminamos uno al lado del otro, avanzando lentamente por la playa; los pies, al hundirse en la arena, nos obligaban a realizar un ligero esfuerzo con cada paso.

Pensé que me encantaba aquello: caminar al lado de Marie. Verla avanzar bajo el sol y la brisa marina impregnada de yodo. Verla de pie, vertical en medio de la playa inmensa. Poder acercarme a ella en cualquier momento, rozar su cabello, sus manos. Saboreé la deliciosa turbación de ver sus piernas tensarse y destensarse al lado de las mías, sentirnos cerca el uno del otro, no del todo todavía, pero casi.

Llegamos a la orilla. Agustín corrió hacia nosotros con el torso desnudo.

¿Podemos bañarnos, mamá?

¿No veis el frío que hace?

No tenemos frío, mamá, te lo juro. No hemos parado de correr y tenemos calor.

Si os atrevéis a meteros en el agua…, dijo Marie, encogiéndose de hombros.

Agustín dio un brinco en señal de victoria y se fue corriendo hacia Simon.

¡Ha dicho que sí!

Posamos las cosas en la arena y nos sentamos. Admiramos el mar, el reflejo del sol en el agua. Los petroleros a lo lejos. Pensé que no hacía tanto frío, que yo también era capaz de bañarme. Me quité el jersey.

Los niños se quedaron en calzoncillos y corrieron hacia las olas. Al contacto con el agua, los vimos recular chillando, reír y volver a meter los dedos de los pies en la fina película del flujo y el reflujo. Entraron poco a poco hasta que el agua les llegó a los tobillos y siguieron chillando con cada ola, empujándose uno a otro, retrocediendo repentinamente al acercarse una ola más fuerte.

Marie se tumbó y estiró los brazos en la arena por encima de la cabeza.

Miré su cuerpo ofrecido, los hombros relajados, el rostro vuelto. Las manos abandonadas en la arena. Me tendí a su lado. Nos quedamos un momento así, mis piernas a unos centímetros de las suyas, el cielo sin una nube sobre nosotros. El calor del sol en nuestros párpados. Sentí su pie acariciando el mío.

Su teléfono sonó. Sonó la primera vez durante treinta segundos sin que ella se moviese. Luego sonó por segunda vez.

Se incorporó y buscó en su bolso. Encontró el móvil y miró la pantalla.

Es él, dijo.

Estás de broma.

Es él, estoy segura. Cero dos. Es el prefijo de Normandía. ¿Qué hago?, ¿contesto?

Respondió. Reconocí la voz por teléfono.

¿Marie?

No me moví. De vez en cuando un grito de Agustín o de Simon me impedía oír, pero la mayor parte del tiempo las palabras del autoestopista eran audibles. Estaba en el Cotentin. Hace un frío que pela, decía. Esto es precioso, pero qué frío hace.

¿Dónde estás?

En la playa de Carteret. Enfrente de Jersey y de Guernesey. Hace buen día y pienso en ti.

Piensas en mí.

Me levanté para no seguir escuchando.

Nosotros también estamos en la playa, dijo Marie al cabo de un momento. Como es miércoles y no hay cole, y hacía buen tiempo, nos subimos al coche. También está Simon, el amigo de Agustín. Están en el agua. Aunque no te lo creas, se están bañando.

Marie miró hacia mí. Vi que dudaba.

Sacha también está aquí, dijo finalmente.

Dale un abrazo de mi parte, le dije al oído antes de que tuviera tiempo de reaccionar.

Te manda un abrazo.

La llamada duró un rato todavía. Luego Marie colgó. Dejó el móvil y se tendió a mi lado. Me dio la impresión de que no quería pensar en nada. Ni siquiera tratar de entender por qué extraordinaria casualidad había llamado justo ese día, en ese preciso momento.

La sentí apoyar suavemente la cabeza contra mí y separarla al oír las voces de los chicos acercarse repentinamente.

¿Podemos coger vuestras toallas, mamá?

Agustín, aparecido por arte de birlibirloque, como si un sexto sentido lo hubiera alertado, obligándonos a levantarnos a Marie y a mí para darle nuestras toallas, insistiendo en coger también la mía.

¡Las dos, las dos! ¡Las necesitamos para hacer una trampa!

Poniéndose manos a la obra para cavar un enorme hoyo a pocos metros de nosotros, como si no quisiera correr el riesgo de alejarse.

Agustín, papá acaba de llamar.

La voz de Marie esforzándose por recuperar el tono materno. El niño haciéndose el sordo, sin dignarse girar la cabeza hacia ella.

¿Escuchas lo que te digo, Agustín? Papá te manda besos.

El chico jugando con su amigo como si tal cosa.

Marie obligada a alzar la voz.

¡Agustín, respóndeme cuando te hablo!

El niño riéndose con su amigo de su insolencia, esperando unos segundos más antes de asentir finalmente con gesto testarudo.

Sí, mamá, te he oído, vale.

20

No logré conciliar el sueño. Me levanté a medianoche, preguntándome cómo era posible. ¡Qué coincidencia que nos hubiese llamado a la playa! Miré la postal enviada desde Arromanches. Examiné el cuño para asegurarme de que se había sellado allí. Leí algo como Grandcamp 06-01-18 11h. No conocía Grandcamp. Verifiqué que había una localidad en Normandía con ese nombre. Busqué en Internet el nombre de la población, encontré la web del ayuntamiento, miré una por una las fotos de la inmensa playa con la marea baja, las vistas aéreas del puerto que se internaba tierra adentro. Las imágenes de las casas en primera línea de playa, con el largo pontón que se adentra en el mar hasta la zona navegable incluso con marea baja. La foto en blanco y negro de un buque de guerra bautizado con el nombre de la localidad, hundido con seiscientas víctimas a bordo en el puerto de Texas City, tras la explosión de la carga de nitrato amónico. Verifiqué en Google View la localización de la oficina de correos. Encontré vistas de la entrada.

Supuse que el autoestopista habría salido por aquella puerta el 6 de enero de 2018 antes de las once.

Miré la hora y la fecha en mi ordenador: 11 de enero. 03:45.

De repente lo supe. Lo vi con claridad meridiana, escondido en algún lugar del pueblo, muy cerca, a nuestras espaldas. Con toda probabilidad había regresado varios días antes, hospedándose a unas cuantas calles de allí, en cualquiera de los hoteles desiertos en esa época. Tal vez cerca de la casa de Marie o de la mía, observando a placer nuestra vida en su ausencia; espiando nuestros actos y nuestros gestos; siguiendo a Marie esta mañana cuando, cargada con la compra, decidió desviarse a mi casa; acaso mordiéndose los labios al descubrir que nos saludábamos cariñosamente en la puerta; al verla subir a mi casa; al perderla de vista durante una hora. Luego dos. Incapaz de no acecharla al salir, de no escudriñar su rostro, de no tratar de leer sus pensamientos. Su buen o mal humor. Su turbación.

Me quedé de pie bebiendo un resto de café recalentado en el microondas. Me pareció sentirlo agazapado allí, en cualquier parte durante la noche, al tanto de mi insomnio, informado de todo por alguna cámara que habría dejado conectada antes de irse.

En mi extravío, pensé que a lo mejor no se había ido; que había fingido marchar para volver y deambular cerca de nosotros, como un fantasma. Pensé en Jean-Claude Romand, en todos los impostores que en lugar de confesar que se han quedado sin trabajo se pasan los días fingiendo estar ocupados, vagando de la mañana a la noche por los aparcamientos, comiendo y durmiendo en su coche hasta el día en que se desmoronan, se hunden, ya no pueden soportar mentir a todos a su alrededor.

Me senté en el sofá desvencijado.

Quería retomar el Lodoli, enfrascarme en él nuevamente para despejar las ideas. Leí una página. Luego otra. Después me di cuenta de que no las había leído. Que había recorrido las líneas sin retener nada. Posé el libro. Me acosté en el sofá. Miré al techo. Me fijé en una vieja telaraña que no había visto hasta ese momento, un nido de polvo que debía de estar allí desde hacía años.

Me levanté, cogí el abrigo y las llaves del coche y salí a la calle.

Fuera la ciudad estaba desierta. Las farolas absurdamente dedicadas a iluminar el asfalto, las ramas desnudas de los árboles, el silencio, la calzada de punta en blanco, reluciente.

Caminé cinco minutos hasta mi vehículo estacionado en el bulevar. Me subí al coche, arranqué, me deslicé entre los árboles del lateral del bulevar y me dejé ir silenciosamente por el pueblo muerto. Guiándome por el olfato. Torciendo a derecha o a izquierda en los cruces, sin más brújula que mi intuición.

Llegué al río. Vi el agua al otro lado del pretil, aceitosa, negra, mal iluminada en la noche sin luna. Di la vuelta y conduje en sentido inverso. Recorrí los aparcamientos habilitados al pie de las murallas. Atravesé el pequeño puente, rodé hasta el parque comercial. El espacio se abrió. Las farolas eran menos numerosas, pero más potentes, más altas, arrojando desde su altura un resplandor más blanco en los enormes aparcamientos desiertos.

Vi a lo lejos los pocos coches estacionados cerca del Géant Casino. Espié el menor ruido de motor, cualquier lamparilla encendida en el techo de un habitáculo. Pasé junto a un modesto Holiday Inn similar a aquellos a los que el autoestopista debía de ir las noches en que necesitaba una buena ducha, una cama caliente y un sueño reparador. Llegué hasta Mr Bricolage, La Grande Récré, Picard y los últimos rótulos de la zona, invariablemente construidos con el mismo infame material prefabricado, siniestramente paralelepipédico, deprimente. Volví a conducir hasta el puente del ferrocarril.

Allí sentí acelerárseme el corazón. Estacionado en el aparcamiento de un almacén, vi un modesto coche de alquiler. Un sencillo dos puertas de gasolina, modelo básico, con el logotipo de la empresa de alquiler y el precio diario en una pegatina de la puerta trasera. Vi a alguien al volante. Alguien dormido, tumbado sobre los dos asientos delanteros. Un cuerpo del que no sobresalía más que un hombro, envuelto en un grueso anorak verde caqui, como el que solía llevar el autoestopista.

Entré en el aparcamiento, me dirigí hacia el vehículo. Las luces de cruce lo iluminaron, impactando de lleno en la placa trasera, atravesando todo el habitáculo, proyectando los respaldos de los asientos como sombras chinescas. Me imaginé que el autoestopista debía haberme oído, que debía haber adivinado que el de los faros a su espalda era yo.

Me acerqué hasta colocarme muy cerca del coche dormido, flanco contra flanco, a la altura de la puerta delantera. Observé su figura alargada para asegurarme de que era él. En ese momento se movió, como si pudiera sentir mi mirada a través de la ventanilla. Se incorporó, probablemente al ser despertado por el ruido del motor y la luz de los faros.

Estuve a punto de lanzar un grito. Un rostro con los ojos rojos de cansancio me miró con gesto adusto. Un tipo bien afeitado, de unos cuarenta años, con una camisa blanca bajo el anorak, como si acabara de salir de la oficina para pasar la noche allí, bajó la ventanilla.

¿Qué pasa? ¿Qué es lo que quieres?

Balbucí unas torpes excusas.

Me miró.

¿Estás buscando a alguien?

Respondí que sí.

¿Has mirado por la zona de la estación?

¿En qué parte de la estación?

En el aparcamiento.

Todavía no.

Prueba allí. Siempre hay uno o dos tipos que se meten allí por la noche.

Lo dijo como si todas las noches docenas de sombras como él buscasen el sueño al abrigo de su habitáculo. Como si hubiese una casta compartiendo esa suerte, una población paralela, insospechada, desconocida: la tribu de durmientes de los aparcamientos. La hermandad de fugitivos de todo pelaje obligados por la noche a habilitar de mala manera una especie de catre en la parte trasera de su automóvil. La cofradía de los que se enfrentan al frío y la soledad, molestados veinte veces cada noche por tipos como yo con faros cegadores, por atorrantes de paso, por la policía.

Le di las gracias con un ademán. Lo vi subir la ventanilla, tumbarse, echar el anorak sobre los hombros a modo de manta. Me perdí lentamente en la noche. En el aparcamiento de la estación examiné los coches aparcados. Demasiado viejos, ocupados por tipos demasiado perdidos.

Seguí dando vueltas durante una hora y pico y luego me fui a dormir. Encontré mi plaza en el bulevar, todavía libre. Como si no se hubiese movido ningún automóvil durante las dos horas que duró mi búsqueda. Volví a pie, escudriñando las fachadas silenciosas. Pensé que a lo mejor él estaba allí, que quizá lo había visto todo.

Y luego pensé que podría ser al revés, que tal vez se había ido para siempre, que no volvería.

Me tumbé en la cama y me quedé dormido de golpe.

21

Unos días después, Marie encontró la verja de la casa abierta.

Estás aquí, se limitó a decir mientras empujaba la puerta.

No fue Marie quien me contó la escena, soy yo quien la imagina. Puedo verla entrar, adivinarlo sentado a la mesa de la cocina, en su sitio favorito, exactamente frente a la ventana, desde donde puede contemplar el jardín, el rosal, tomar su café sin dejar de mirar los pájaros picoteando la tierra negra.

Estás aquí.

Palabras dichas con voz tranquila. Sin alegría ni animosidad. Como una constatación.

Ignoro lo que habrá contestado el autoestopista. No sé si Marie se mostró distante mucho rato, o si, por el contrario, el autoestopista, con una de sus típicas piruetas cuyo secreto solo él conoce, logró arrebatarle una sonrisa, conmoverla de nuevo.

Quiero creer que ella se resistió; que tardó en volver a él al menos unos minutos; que alguna huella tenía que haber dejado nuestra tarde de playa.

La verdad: me importa un bledo. Prefiero no pensar en esa escena. No lo soporto.

Tardé en enterarme de que el autoestopista había regresado. Estuve más de una semana sin ver a Marie ni a Agustín.

Me preguntaba por qué Marie no daba señales de vida. Me preocupé. Estaba triste.

Y luego, un día vi en la plazuela al autoestopista y a Agustín caminando a su lado. El autoestopista comprando un gofre para Agustín, cogiéndolo muy caliente de las manos del vendedor, depositándolo en un pedazo de cartón. Dándoselo al niño.

Me vio.

¡Sacha!

Me acerqué a ellos. El niño me saludó con la boca llena. Buscamos un tema de conversación.

Agustín me habló de la playa.

Estuvo bien, asentí. Pasamos una tarde estupenda.

¿Y tú?, dije después de un rato.

Buscó las palabras.

Estoy cansado.

¿Cansado del viaje?, le pregunté.

Cansado sobre todo del regreso, sonrió débilmente.

Esperé. Vaciló.

Es complicado.

Miré sus ojos hinchados, sus cabellos grasientos. Noté la falta de sueño, supuse que Marie y él hablaban por la noche.

¿Qué tal Marie? ¿Está bien?

Él asintió suavemente.

Muy bien.

Los vi alejarse. Agustín comiendo su gofre, dedicado en cuerpo y alma a evitar que no cayese ni una pizquita de azúcar glas al suelo, haciendo un descanso entre cada nuevo bocado que engullía; el autoestopista girándose a cada rato hacia él un poco cansado, pidiéndole que siguiese andando, esperándolo, obligado a hacer lo que hacen todos los padres del mundo: esperar. El niño metiéndose otro trozo de gofre en la boca. Corriendo diez metros para volver a la altura de su padre. Yéndose los dos.

Me pregunté si iba a detenerse todo. Si todo iba a terminar así. Con el regreso del autoestopista. El regreso definitivo. Durante un momento lo creí.

22

Y luego se fue.

La semana siguiente encontré a Marie y ya no estaba triste. Había en ella una nueva alegría, áspera, algo alarmante. Y, sin embargo, una verdadera alegría. Resuelta. Sincera. Feroz. La alegría del liberto. La alegría de quien está herido, airado. Y de quien se siente transportado por esa ira. Galvanizado. Dotado de una determinación repentina e imparable.

Sentí que nuestras relaciones habían cambiado. No era cariñosa como los días anteriores. No me abrazó. Me dio un beso rápido, me preguntó si podía ir a buscar al día siguiente a Agustín a la salida del colegio. Si podía hacerle ese favor, encargarme de Agustín más o menos hasta las diez, para poder ir con Jeanne a la presentación de un libro y luego al cine.

Le dije que sí. El niño, en silencio a su lado, no emitió el menor signo de protesta.

Agustín, ya lo has oído, mañana irá Sacha a buscarte a la salida de clase.

Lo dijo en un tono que no admitía réplica. Con tal firmeza que el niño, desde el principio, se contentó con asentir y solo dijo: Vale, mamá. Entendido, mamá.

Marie se tranquilizó y nos miró sonriente a los dos.

Vais a hacer un gran equipo, ya veréis.

Pero no había ternura en su voz. Incluso su sonrisa era áspera.

Le vi pasar maquinalmente la mano por el pelo de Agustín y despedirse de mí como de cualquier otro amigo.

Gracias, Sacha, eres un encanto.

Con esa distancia que crea el nombre cuando se pronuncia en presencia del aludido.

Gracias, Sacha, como le habría dicho a un vecino o a un compañero de trabajo.

La miré, de pie, en la calle frente a mí, increíblemente lejana. Me sentí muy triste.

Al día siguiente fui a buscar a Agustín a la salida del colegio. Volvimos juntos a su casa. Fui yo quien abrió la verja y giró la llave en la cerradura. Empujé la puerta.

Colgué mi abrigo en la entrada entre los del autoestopista y Marie. Agustín tiró el suyo en el suelo y corrió sin más a la alacena de los juegos. Sacó la baraja, el kit del pequeño químico y el ajedrez.

¿Jugamos una partida?

Preparamos dos granadinas, las bebimos y luego nos sentamos alrededor del tablero de ajedrez.

Me dejé comer la reina. Luego una torre. Después le comí su reina. Se comió mi alfil, mi segunda torre y mis caballos.

Lo veía reír eufórico con cada una de mis meteduras de pata, incapaz de contenerse. Jugaba mucho mejor de lo esperado. Más rápido. Más preciso.

Tendió una trampa burda a mi segundo alfil. Cuando se dio cuenta de que le dejaba ganar, se enfadó mucho.

¡Me has dejado ganar!

Derribó las piezas con el dorso de la mano.

¡No juego más! ¡Así no vale, me dejas ganar!

Salió de la habitación.

Venga, Agustín, vuelve.

Fui a buscarlo al salón. Lo encontré acurrucado en el sofá. Me agaché a su lado.

Venga, empezamos otra partida y en esta te machaco.

Vi su rostro iluminarse.

Ve preparándote, porque esta vez te voy a dar una paliza de muerte.

Se secó las lágrimas y se levantó. Hicimos más granadina. Coloqué las piezas en el tablero de ajedrez.

Ahora, cada pieza que podía comer la comía. Primero un alfil. Luego otro. Después el primer caballo. Apretó los dientes. Me comió una torre. Movió un caballo para amenazar a mi rey. Temblé al ver su reina descubierta. Quedamos en suspenso cinco segundos. Luego vi que se había dado cuenta. Que se mordía los labios. Ya no podía retroceder. Me comí su reina exagerando mi alegría, para hacer el golpe menos duro.

Vi que sus ojos se llenaban de lágrimas. No dijo una palabra. Quiso contratacar enseguida, tirándose de cabeza, a lo loco: jaque al rey. Le dije que no podía. Que si hacía eso, estaba perdido. Retrasó su alfil. Estuvo treinta segundos sin mover una pieza, intentando desesperadamente encontrar una salida. Lo miré, un niño con los ojos llenos de lágrimas, furioso como un león herido. Extraordinario y magnífico mal perdedor. Sentí que lo quería aún más.

Ahora estaba furioso, jugaba rápido. No dijimos ni mu. Me comió dos piezas más y luego lo arrinconé: jaque mate. Quise levantarme, romper la tensión, cambiar de juego. Puso las piezas en las casillas exigiendo la revancha. Volví a sentarme. Empezamos de nuevo, más concentrados todavía. Jugando más rápido. Moviendo los peones, golpeándolos contra los escaques con rabia. La distancia se amplió.

Cuando Marie regresó todavía estábamos jugando. Había dos cajas de *pizza* cerca de nosotros. En una solo quedaban los bordes. En la otra acababan de enfriarse dos porciones de margarita.

¡Siete a dos! Sacha siete partidas y yo dos, dijo Agustín cuando la vio llegar.

¿Por eso no estás acostado, Agustín?

Ni acostado ni duchado, dijo riendo.

Marie me miró.

¡A las diez y media!

¡Las diez y media!, exclamó Agustín, y vi que no podía creerlo, al igual que yo. ¡Las diez y media ya!

Me percaté de que Marie estaba furiosa, a punto de estallar. Luego se lo pensó mejor y se rindió a la evidencia. En el fondo no era tan grave. Lo más importante era saber que nos lo habíamos pasado estupendamente.

Sacó dos cervezas y me dio una. Se sentó para ver el final de la partida mientras comía una porción de *pizza*.

Agustín tomó la delantera. Me birló una torre, luego la reina, encantado de que su madre estuviera allí para verlo. Al cabo de diez minutos arrinconó a mi rey por segunda vez consecutiva. Marie lo besó y lo levantó para acompañarlo hasta la escalera.

Le acarició el pelo y le dijo que subiera. Sube y ponte el pijama. Te lavas los dientes y a la cama.

¿Sin ducharme?, preguntó incrédulo.

Esta noche no hay ducha.

Subo a arroparlo y estoy contigo en dos minutos, me dijo Marie, siguiéndolo por las escaleras.

Bajó cinco minutos después. Me encontró con el abrigo sobre los hombros, listo para marcharme.

Esperaba que me retuviese.

¿Te gustó la película?, pregunté para hacer tiempo.

Sirve para no darle vueltas a lo mismo. Me sentó bien salir con Jeanne. Gracias.

Me acompañó hasta la puerta.

No dudes en avisarme si te hace falta otra vez, le dije besándola. Será un placer.

Al cerrar la verja, me dio de nuevo las gracias.

Daba gusto veros a los dos. Gracias, Sacha.

Noté que estaba a punto de cambiar de opinión. A punto de permitir que su aspereza se limase y de hacerme un sitio de nuevo. Dolido, no tuve el valor de esperar.

No sigas dirigiéndote a mí de esa forma, dije volviéndome. No sigas llamándome Sacha, como a un extraño. Ya sé que me llamo Sacha.

Tienes razón, perdona, sonrió con tristeza.

Buenas noches, Marie, dije cuando me iba.

Buenas noches, Sacha.

23

Poco a poco, el autoestopista cambió de sistema. No más autopistas. Se acabó cruzar Francia a 130 por hora. Adiós a las berlinas de acogedores tapizados y a los largos y cómodos trayectos de un área de servicio a otra. Empezó a enviar postales de pueblecitos desconocidos. Vistas de iglesias, plazuelas, fuentes, lavaderos. Nos dimos cuenta de que se había pasado con armas y bagajes al otro lado de la valla. Se adentraba en el país. Se perdía por las venas secundarias de la red de carreteras, explorando incluso los capilares más finos.

Primero pensé que iba a la deriva, sin brújula, abandonándose al azar de los trayectos.

Luego, una mañana encontré en el buzón una postal remitida desde Contes. Se veía el mojón de entrada a la aldea, plantado en el bordillo de una estrecha pista y prados muy prietos alrededor. Todo revelaba la abundancia de agua, los frondosos setos, la hierba en las zanjas alta como después de seis meses de lluvia. Las vacas miraban al objetivo con ojos tristes. Se veía a lo lejos una casa con postigos azules, un cobertizo y la entrada de un *camping*.

Era hermosa como su nombre: Contes.

No he visto a Caperucita Roja ni el lobo feroz, escribía el autoestopista. Ni siquiera los cerditos. Pero bebo agua de la aldea como Astérix la poción de Panorámix. Lleno la cantimplora para tus próximas novelas, Sacha. A lo mejor te sirve, nunca se sabe.

La postal precedente había llegado del Banquet, un caserío perdido en la Montaña Negra: gargantas de un río naciente, cascadas en las rocas, abetos, frescura, musgo, champiñones, claros de bosque.

La anterior, de Beausoleil.

Sentí un clic en mi cabeza. Era su nuevo juego, su nuevo pasatiempo.

Me crucé con Marie dos o tres días después. Ella también había recibido postales. La primera, de La Fermeté: bosque caducifolio, casa solariega con torretas de pizarra, chimeneas rectangulares, césped tupido. La segunda, de Allons: pinares hasta donde alcanza la vista, sotobosque de helechos y brezos, taludes arenosos, cría de palomas, entrada de un restaurante en cuyo frontispicio se leía: «La cita de los cazadores». La tercera postal era de La Réunion: helechos arborescentes, vegetación tan densa que parecía la jungla; o tal vez fuese simplemente el topónimo, que influía y contagiaba las plantas circundantes, multiplicando su proliferación, haciéndola parecer más exuberante, más tropical, más vivaz.

La Réunion, ciento veintitrés habitantes y por lo visto llegan más cartas que a Roquefort o a Marmande, escribía el autoestopista. Por una sencilla razón: código postal equivocado. Cada día llegan docenas, centenares de fardos confundidos, de quienes quieren enviar su correo a la isla de Reunión y lo envían a este pueblecito de Lot y Garona. Es gracioso, ¿no? Besos desde el hemisferio sur para mis dos amores.

Una mañana recibí un sobre con una carta dentro. No era la tarjeta de costumbre, era una verdadera carta de varias páginas. El autoestopista escribía desde Yves, un enclave de la costa atlántica. Había visto en el mapa ese nombre, el de su padre fallecido quince años antes. Se despidió inmediatamente del automovilista que lo llevaba a La Rochelle y se las vio y deseó durante horas para llegar a la localidad, cuando ya había anochecido.

La carta era conmovedora. El autoestopista contaba su llegada nocturna al pueblecito costero a medio camino de la isla de Ré y la isla de Oléron. Sus primeros pasos por las calles desiertas. La imposibilidad de entender cómo diablos llegar al pueblo, de reconocer el terreno, de localizar el centro. Había deambulado al frío, desesperado por encontrar un hotel, sin dar crédito a la crueldad de la situación: ¡estar en casa de mi padre y tener que dormir como un perro en la calle! Había probado con todas las puertas de los coches aparcados en la cuneta. Acabó encontrando uno abierto. Se había colado, al límite de sus fuerzas. Había dormido allí, tiritando de frío, con el abrigo y la mochila por todo cobijo. Se había levantado al alba, para evitar que lo pillasen. Había esperado en una parada de autobús a que amaneciese. Entonces sufrió un *shock*. El municipio corría efectivamente a lo largo del mar, el mapa no mentía. Pero entre el mar y la zona habitada había una autopista. Es decir, un muro. Más que un muro: el más peligroso, el más ruidoso, el más infranqueable de todos los muros. La autopista pasaba por encima, construida sobre un terraplén que cortaba el horizonte. El mar no solo era inaccesible, era invisible. Arrojado a otro mundo. En resumen: no había mar.

Se había quedado allí sentado, mirando desde lo alto cómo pasaban en tromba coches y camiones, abofeteándolo cada vez con su aliento. Los coches reducidos a diez centímetros de techo que relampagueaban por encima del seto de hierbajos. Los camiones recortados en sentido longitudinal, cómicamente rebanados, aplastados, compactados. Decidió estirar las piernas. Vio los humedales. Un sinfín de humedales. Agua por todas partes. Los cañaverales. Las zancudas, que levantaban tranquilamente la cabeza cuando se aproximaba. Un cisne deslizándose sobre el agua sin hacer ruido, como motorizado. Los conejos silvestres, huyendo a cada paso que daba. Los matorrales abarrotados de especies raras, de batracios e insectos mejor protegidos allí que en cualquier otro lugar; de pájaros que tal vez se hubiesen quedado sordos como tapias por el estrépito incesante de los vehículos, pero que sobrevivían allí en mayor número que en ningún otro lugar del mundo.

¡Las orillas de la autopista, primera reserva natural!, decía la carta con una carcajada que me parecía estar oyendo entre las paredes de mi pequeño apartamento. Los guardarraíles de la autopista y la velocidad de los coches como el medio más eficaz contra la incorregible propensión del hombre a destruirlo todo.

Durante los días siguientes llegaron más tarjetas: de Balzac, de Duras y de Espère, para mí. De Doux, de Sauveterre y de Sainte-Gemme, para Marie. De Joyeuse, de La Force y de Ogres, para Agustín.

Aquella correspondencia era una novedad. A Agustín y a mí nos parecía divertida. En cuanto a Marie, no sabría decirlo. Había nerviosismo, una alegría casi infantil en la acogida que daba a cada nueva postal. Pero yo notaba que se mezclaba con otra cosa, que había algo más. Irritación. Tristeza.

Al principio pensé que los envíos del autoestopista no durarían. Que se cansaría enseguida. Un primer despiste, luego el segundo. Y ese sería el principio del fin, los olvidos se multiplicarían, poco a poco todo se detendría y volvería a lo normal: el autoestopista ausente. Y nosotros, de nuevo sin la menor idea de dónde podría estar.

Me equivoqué: no cejó en su empeño. Siguieron llegando nuevas postales. Con nuevos paisajes. Nuevos pedacitos del país que los tres mirábamos con un poco de envidia. Vistas de

Saint-Pompont, de Champdolent, de Chancelade, de Bonnencontre. De Angoisse, en homenaje al reportaje fotográfico que había realizado el escritor Édouard Levé, que me encantaba. Vistas de Rivière, de Cercles, de Vert, de Saint-Mars-du-Désert.

Ahora podíamos reconstruir sus trayectos, localizar en el mapa —con unos días de retraso solamente— la sucesión de lugares que había visitado. Adivinar con un poco de intuición los pueblos en donde sellaría las siguientes postales. Presumir que saliendo de Courant, cerca de Niort, sin duda se sentiría atraído hacia el mar por L'Aiguillon o La Faute; que a continuación subiría hacia La Genétouze o a Saint-Paul-Mont-Penit y no dejaría de acercarse a Vie y de echar un vistazo a Vue, cerca de Nantes.

Llegó una carta para Agustín desde La Flotte. El niño se arrojó sobre ella, la abrió y nos la leyó a Marie y a mí: ¡Capitán Agustín! ¿Cuándo zarpamos los dos? ¿Estás listo? He descubierto para ti Chapeau, donde hay un perchero de sombreros, lleno a rebosar de sombreros de todos los tamaños y formas imaginables, que puedes encasquetarte cuando lo necesites. Es muy útil para saludar a los músicos que actúan por todas partes en este pueblo. Luego, si estás de acuerdo, iremos a Vocance, desde donde nos están llamando a gritos, y veremos lo que respondemos. Luego a Le Caire, en los Alpes, porque sé que siempre has soñado con ir a la tierra de los faraones. A menos que prefieras que subamos juntos el Nil y nos demos una vuelta por Saint-Affrique, que es otra opción.

Agustín estaba encantado. Yo le ayudaba a buscar esos pueblos en el mapa: Chapeau, Le Caire, Vocance... Calculábamos las horas de viaje hasta Saint-Affrique.

En autoestop siempre hay que calcular el doble, le decía con tono serio y él me escuchaba con la mayor atención.

Aunque en general, como ves, se va más rápido de lo que la gente cree.

Dale un beso a mamá de mi parte, escribía invariablemente el autoestopista. Os quiero mucho.

Estaba entre nosotros. Incluso ausente tenía un lugar a nuestro lado.

Solo Marie se impacientaba a veces.

¿Y nosotros, qué? ¿Tiene la menor idea de lo que estamos viviendo? Si nos fuéramos, podría pasar un mes y no se enteraría.

Seguía queriéndolo. Su mezcla de alegría y tristeza a la llegada de las cartas me lo decía. Era lo que siempre había amado de él, sin duda: que se fuera por esos mundos, que escapara. Solo que, ahora, a veces la veía pensativa, triste. Quizá cansada. Sopesando la delgada línea entre lo que era hermoso y lo que ya no lo era. Preguntándose si aquella libertad que la había seducido durante tanto tiempo, a la larga, no habría destruido la suya.

Pensé en el famoso miércoles en mi casa. ¿Se le había olvidado? Seguimos viéndonos, como suspendidos en un tiempo extraño, detenido, todo deseo entre nosotros dejado de lado. La ternura permanecía. Pero cada día que pasaba jugaba en mi contra. A falta de nueva audacia, las cosas volvían a la normalidad. Nuestras soledades se recomponían de nuevo. Yo estaba furioso conmigo mismo. Quería tenerla otra vez entre mis brazos. Revivir ese momento. Darle un final totalmente distinto.

24

Las fotografías me seguían llegando en lotes de diez o veinte. Era un envío parco, sin apostillas ni notas explicativas, en contraste con la fantasía de las tarjetas postales. Un sobre acolchado, las fotos dentro y mi dirección. Al dorso de cada imagen podía leer el nombre y apellido del conductor fotografiado, el trayecto recorrido, el día y la hora del encuentro. Dominique, Labrit-Sauternes, 11 de enero, 12.13 h-14.03 h. Odile y Jean-Pierre, Mirande-Auch, 8 de enero, 9.05 h-9.43 h. Geneviève, Casteljaloux-Miramont, 10 de enero, 9.48 h-11.12 h. Alice y Quentin, Lézignan-Villefranche-de-Lauragais, 6 de enero, 16.15 h-17.45 h. Paulin y Lucie, Fontvieille-Saint-Romans, 3 de enero, 15.43 h-16.07 h. Gérald, Lieuran-Clermont-l'Hérault, 6 de enero, 8.03 h-8.15 h. Judith, Le Banquet-Mazamet, 7 de enero, 11.15 h-12.02 h.

Echaba un vistazo a las caras, observaba los paisajes de fondo, me paraba en un detalle que me intrigaba, la sonrisa de una mujer de nuestra edad, la extrema vejez de un hombre que parecía imposible que el autoestopista hubiese encontrado al volante de un coche, en lugar de estar sentado en un sillón al amor de la lumbre.

Cada nueva serie tenía sus tonos, su color, debido quizá a la propia luz que había envuelto durante toda la semana el rincón de Francia donde se encontraba el autoestopista, bañando árboles, campos y caminos de un mismo tono reconocible todavía mucho después, como esa resina en la que se ahogan insectos y reptiles para conservarlos y que, por muy diferentes que sean, les da un aire familiar, los une para siempre a tal recolección precisa, hecha en tal año, por tal o cual naturalista, en tal o cual punto del globo. Algunas enteramente verdes —no solo la jugosa hierba de los campos y el follaje de los árboles, sino las fachadas de las casas, las carrocerías de los automóviles, el alquitrán de las carreteras—. Otras azules, de un azul tan intenso y marino que todos los ojos tiraban al gris, todas las miradas tenían algo de metálico. Otras amarillas, como si por azar la mano cogiese una foto más antigua, estival, donde por todas partes el trigo ondeaba al fondo.

En mi siguiente visita a Marie y a Agustín guardaba el nuevo sobre con los otros, en el cajón del taller. Conservaba. Almacenaba. Era el archivero de los viajes del autoestopista. Su testigo en sentido etimológico: el tercero, el que puede confirmar algo y más tarde atestiguará. A veces vaciaba dos o tres sobres en la mesa y me quedaba mirando las imágenes esparcidas ante mí. Caras de hombres y mujeres que, sin saberlo, tenían algo en común: haber llevado a bordo a aquel hombre. Haber aceptado igualmente dejarse capturar en un instante por él. Pupilas mirando fijamente su objetivo. Iris brillantes que al cabo de unos minutos volvía a colocar en el sobre, devolviéndolos a la noche.

Un día las conté: 1432. Prefiero escribir el numeral a la cifra, es más largo, es lo menos que se puede hacer para evocar semejante multitud y el tiempo empleado por el autoestopista para reunirla: mil cuatrocientas treinta y dos. Mil cuatrocientos treinta y dos hombres y mujeres encerrados en el cajón. Mil cuatrocientas treinta y dos caras de todas las edades, de todas las regiones, de todos los oficios. Y él, que había pasado con todos ellos un momento. Él, que los había conocido uno tras otro, tratado y fotografiado. Que los había hecho entrar en la lente de su cámara semana tras semana, reuniéndolos aquí, en este cajón donde están juntos como una multitud. Más que una multitud: una familia. La gran familia de sus automovilistas.

25

Tiró hacia el norte. Pudimos seguir su ascenso a lo largo de la costa. De Nantes se había ido hacia Bretaña, había enviado postales de La Malhoure (iglesia con tejado de pizarra a dos aguas y campanario bulboso, florida plazuela, cementerio, setos bajos de tejo podado); de Grâces (detalle de un león de piedra del frontón de la iglesia de Notre-Dame, estatuas contiguas erosionadas por la lluvia y el viento, como fundidas, reducidas a masas coralinas o vegetales informes); de Plurien (fachada de falso entramado de madera del hotel Le Bon Cap, astrolabio y veleros pintados sobre la puerta).

La frecuencia del correo no disminuía. En el reverso de las postales había bromas, juegos de palabras, notas a vuelapluma de lo importante. A veces solo escribía: Besos. Os quiero. Eso y el nombre del pueblo donde estaba, que nosotros examinábamos en todos los sentidos para tratar de encontrarle un significado: Soupir. Survie. Mer. Port. Trévé. Simplé. Les Rousses. Abondant. Vif. Bizou. Forcé. Les Chéris. Le Palais. Marquise. Réveil. Lama. La Ville. Luxé. Allègre.

Interpretábamos. Sobreinterpretábamos. A veces era transparente: Saint-Agustin, enviada a su hijo. Era un alivio. No ofrecía la menor duda. Pero Porte-Joie remitida a Marie. ¿Le decía que ella era su alegría? ¿O que era él quien le enviaba alegría, como un consuelo, un bálsamo? Y la de Contres, que me mandó a mí, ¿era hostil? ¿Manifestaba su resentimiento contra mí? ¿Contra el mundo en general? ¿Me asociaba con ese grito de rebelión? ¿O simplemente le parecía hermoso un pueblo llamado Contres, cuyos habitantes eran capaces de dormirse cada noche y despertarse cada mañana en un lugar que desafiaba hasta en su nombre el mundo circundante?

Un día Marie recibió varias fotografías tomadas a la entrada del pueblecito de Viens. Había una primera instantánea solo del rótulo: Viens. Luego, tomada sin duda por alguien que le había hecho el favor, una foto del autoestopista de pie riéndose al lado del rótulo: Viens, como una petición explícita esta vez. Seguía una tercera en la que, a la derecha del nombre del pueblo, él sostenía su propio cartel de autoestopista bien visible a la altura del pecho, en el que había pintado un gran signo de exclamación: Viens! Finalmente, una última foto en la que esta vez había dos signos de exclamación: Viens!!

Noté a Marie emocionada. Pero su alegría se mezclaba con la tristeza. ¿Ir a reunirse con él, adónde? ¿Subirse al coche e ir a buscarlo frente a la iglesia de qué pueblo a más de mil kilómetros de distancia?

En una postal que llegó al día siguiente, el autoestopista escribía desde Zuytpeene, en la frontera de Bélgica. El último pueblo del alfabeto, explicaba con orgullo. Hay un tipo que se ha propuesto visitarlos todos, empezando por la A. Yo lo estoy haciendo a la inversa. Empiezo por el último. La zona está llena de pueblos que comienzan por Z. Zuydcoote, Zutkerque, Zoteux, Zouafques, Zudausques, Zegerscappel. Casi todos los demás están en Córcega. Zuani, Zonza, Zilia, Zigliara, Zicavo, Zevaco, Zérubia, Zalana. ¿Cómo explicas esto? ¿A qué extraño azar se debe que los pueblos del final del alfabeto sean también los del extremo del territorio?

Marie no sonrió ante estas noticias. Me miró con tristeza.

No puedo más, Sacha.

Me imaginé lo que debía pensar a menudo: ahora era como un niño. Un niño algo atolondrado, cuyas travesuras seguíamos desde lejos. Con ternura. A veces también con fatiga.

Estábamos los dos en mi casa. Por primera vez en mucho tiempo había vuelto a visitarme. Su rostro reflejaba cansancio, tenía ojeras por la falta de sueño. Al mirarla no dejaba de pensar en el miércoles en que habíamos ido a la playa. De sentir de nuevo su olor. Sus besos. Sus caricias. Una vez más estaba allí, muy cerca.

Creo que yo también necesito irme.

Le dije que sí.

Necesito estar sola. ¡Sola, por favor! Sola. Nunca estoy sola.

Me abrazó con fuerza. Sentí el olor de su cabello. Besé sus sienes.

Cuidaré de Agustín.

La abracé más fuerte.

Ve donde quieras, yo me encargo de él. Me instalaré en tu casa. De día trabajaré en la mesa de la cocina junto a la ventana. Por la tarde iré a buscarlo al colegio. Nos las arreglaremos. ¡Ya verás qué par de cocineros!

Sentí su cabeza asentir suavemente contra mi pecho. La tierna presión de su cabeza apoyada contra mi pecho. La bola de calor de su cabeza diciendo que sí.

26

Al día siguiente fui a buscar a Agustín a la salida del colegio. Me vio de lejos, caminó hacia mí. Volvimos a casa. Le dejé abrir la puerta. Le costó hacer girar la llave en la cerradura. Sonreímos.

¡Tranquilos todos, que estoy yo aquí!

Empujó la puerta de madera con el hombro. Nos encontramos en el pasillo.

¡Esta noche, hamburguesas caseras!, anuncié metiéndome en la cocina. Demagogia absoluta.

Hamburguesas del chef, vas a ver lo que es bueno, y Agustín aplaudió.

Cenamos, vimos un cuarto de wéstern, luego la mitad, luego el wéstern entero.

A las diez lo acosté y me encontré solo en la sala. Miré entre los discos que estaban allí, adiviné sin dificultad los que pertenecían al autoestopista, folk y rock de los setenta, y los que eran de Marie, música barroca, cantos tradicionales italianos, música de África occidental, de Leonard Cohen.

Puse los motetes de Bach. Encendí el ordenador, abrí el último fichero de Word en el que estaba trabajando. Miré si Marie había tratado de contactar conmigo. Comprobé que no. Le envié un mensaje: Todo bien por aquí. Hamburguesas caseras, wéstern. Dándonos la gran vida. Muchos besos. Durante los diez minutos siguientes esperé su respuesta. No llegó.

A medianoche me pregunté dónde iba a dormir. Marie no me había dicho nada. Subí. Delante de la habitación de la cama de matrimonio dudé. Me acerqué. Miré los objetos del tocador. Novelas de Jim Harrison. Un libro de Susan Sontag sobre fotografía. Una novela de Antonio Moresco en italiano, en edición de bolsillo. Una pinza del pelo. Una pulsera.

Rodeé la cama para ver qué había al otro lado. Encontré un par de zapatos usados, cerca de un mueblecito colocado allí a modo de mesilla. Un número de *Le Matricule des Anges* dedicado a Roberto Bolaño. Una *Guía azul* de Francia de 1950. Una novela policíaca islandesa.

La colcha era preciosa, cosida en grandes piezas de tejido africano azul oscuro, adornada con finos dibujos morados. Había visto ese tejido antes: el autoestopista me lo había mostrado una vez, al regresar de uno de sus viajes por África occidental. Era él quien la había cosido, quien había construido toda la cama, más ancha de lo normal, las patas talladas en recortes de vigas de secciones desiguales, el somier hecho con tablones aprovechados de las obras. Todo hecho con sus manos. A la vez rústico, un poco pesado y fantásticamente noble.

Me tendí para probar. Aspiré el olor de las sábanas. Pensé que a lo mejor él no había dormido en aquellas sábanas. Que eran las sábanas de Marie y solo de Marie. Imaginé a Marie en la cama. Pensé en el cuco que se cuela en el nido de otros pájaros y los desaloja. Soy un puñetero cuco, me dije riéndome. Soy un jodido cuco redomado; la diferencia es que no tiro por la borda la prole de los demás, al contrario, la protejo, la cuido, me comporto con los hijos de los demás como una auténtica mamá. Soy un puñetero cuco que ni siquiera es capaz de hacer de puñetero cuco hasta el final. Y comprendí que no iba a dormir en la cama de Marie. Que no quería. No sin ella.

Al día siguiente no tuve noticias. Ni al siguiente.

Al tercer día quise telefonearla. Saltó el buzón de voz.

Lo intenté de nuevo dos horas después.

Hola, le habla el contestador de Marie. Gracias por dejarme un mensaje.

Me pregunté si debería preocuparme. Si era mi deber informar en la comisaría de policía de que habría que llamarla, si tomaba la decisión de oficializar su *desaparición*. Pensé en el follón que se iba a montar. Volví a ver su rostro la víspera de su partida. Recordé el tono tranquilo de su voz en el momento de decirme: Necesito irme. Un tono decidido, sereno. No era el tono de alguien que está perdido.

No fui a la comisaría de policía. Renuncié a dejar mensajes en su contestador. La esperé. Me contenté, día tras día, con ocuparme de Agustín. Comprobé que trabajaba bien en la mesa de la cocina, que, bajo arresto domiciliario en casa de Marie, avanzaba mucho más que en mi casa. Confié en Agustín. En su tranquilidad. En su perfecta ausencia de inquietud al escuchar todas las tardes a la vuelta de clase la misma respuesta: No, no hay noticias de tu madre. Como si aquellas palabras le resbalasen. Como si le informase de que seguíamos esperando la llegada de una revista a la que estaba suscrito y que, de todos modos, era inconcebible que, tarde o temprano, no le fuese enviada.

Una mañana recibí la llamada de un número desconocido. Sentí latir el corazón.

¿Sacha?

Reconocí la voz del autoestopista. El autoestopista más que nunca fuera de lugar, más que nunca en su mundo, desconectado de todo, a lo suyo. Convertido de nuevo en el que, veinte años antes, me había agotado. Le oí contarme no sé qué lío reciente que estaba seguro de que me iba a parecer increíble, enrollarse con no sé qué historia de plantaciones de remolacha del norte que no eran más que un mito, hablar del mar del Norte que lo había conmovido, te lo juro, Sacha, si hubieras visto ayer aquella luz, un blablablá como siempre egocéntrico que otro día podría haberme hecho sonreír, pero que aquella mañana simplemente no había podido oír, no lograba escuchar, mis oídos se negaban a ello, todo mi cuerpo rebelándose contra la continuación de aquella llamada telefónica decidida por él, iniciada por él, prolongada por él y a la que, por añadidura, le pondría fin enseguida, colgaría en el momento preciso en que decidiera hacerlo, pretextando cualquier vaga tarea por terminar, una compra pendiente, una cita, lo que fuera.

Pensando: Que te jodan.

Que te jodan, con una violencia que me sorprendió.

De repente me di cuenta de que no lo soportaba, de que hasta su voz, a fuerza de ausencia, me molestaba.

Un verdadero amigo se lo habría dicho. Yo mismo unos días antes quizá lo habría cortado.

En cambio, me alegró ver que no sabía nada. Me alegró oír que no sabía nada de la situación, nada sobre la partida de Marie, nada de dónde me encontraba en el momento exacto en que me estaba hablando. Nada del hecho de que yo dormía bajo su techo desde hacía varios días, de que era yo quien se ocupaba de su hijo. Nada de que, en el mismo instante en el que me hablaba, estaba sentado en su cocina delante de la ventana de su jardín.

Lo dejé enrollarse —tenía cuerda para rato— y preguntarme por Marie como si no hubiera la más mínima razón para que las cosas no siguiesen tranquilamente su curso. Colgué.

Salí a tomar aire al jardín. Caminé sobre la hierba húmeda y helada. Contemplé las ramas del lauroceraso inmóviles, almidonadas por semanas de frío.

Que te jodan, pensé con una carcajada interior de la que no me sentía orgulloso, pero que me sentaba muy bien.

27

Marie regresó al cabo de diez días. Hacia las dos de la mañana.

Me desperté al oír que abajo rechinaba la cerradura, como siempre lo hacía, atrozmente. Supuse que era ella. La llamé suavemente: Marie. Oí ruido de pasos en la cocina. El gorgoteo de un vaso lleno de agua, bebido y luego colocado en la cerámica del fregadero.

Agucé el oído desde el fondo de la gran cama donde al final había decidido dormir, sobre todo por comodidad, ante la incerteza del número de noches que tendría que pasar allí.

Pensé que también podía estar él abajo.

Y luego, por el sonido de pasos ligeros en las escaleras, la reconocí. La llamé de nuevo: ¡Marie! Vi su silueta entrar en la habitación. La vi avanzar en la oscuridad. Sentí su olor. Escuché el frufrú de su ropa. Me di cuenta de que se desvestía, desabotonaba el vestido, desabrochaba el sujetador, se agachaba para quitarse las medias y la braga. Todo ello sin asomo de pudor. Como si yo no estuviera allí. Como si estuviera sola, distraída o tan agotada que no me veía.

Marie, ¿cómo estás?, le pregunté.

Sentí mi sangre latir alocadamente. Me incorporé para mirarla en la oscuridad, de pie a dos metros de mí, desnuda. La mata negra de su sexo que descubría por primera vez. Las curvas de sus hombros, de sus senos.

Alzó los brazos para sacarse una pinza del pelo y dejarla en la cómoda. Y luego rodeó la cama, levantó el pico de la colcha y se deslizó hacia mí.

Quise levantarme, impedir que se acostase ya, pedirle que se quedase de pie frente a mí, para poder mirarla. Sonreí al notarla contra mí, al sentir sus piernas enlazarme, su pelvis apretarse contra la mía. Su calor. El calor de su sexo contra la parte superior de mi muslo.

Marie, ¿cómo estás?, pregunté de nuevo, pero en realidad era a mí a quien habría que hacer la pregunta.

Se deslizó a lo largo de mi cuerpo, me hizo entrar en ella. La miré en la oscuridad, sentada sobre mis muslos, yendo y viniendo lentamente, sus senos en mi rostro. Los tomé en mi boca cerrando los ojos. Redobló sus acometidas. Me entregué a su amplio, profundo, diestro cabalgar. Sentí el placer perforando mi vientre, profundizando un poco más con cada sacudida. Debí de decir algo como espera, ¡espera, me vas a matar! Continuó sin frenar y no pude contenerme, me corrí, ella siguió un momento a la misma velocidad y luego también se corrió, aminoró, se detuvo y se acostó contra mí para abrazarme con todos sus miembros, para aplastarme con todo su peso.

¡Marie!, dije.

¡Sacha!

¿No el famoso Sacha?

Sentí el soplo de su risa en mi cuello. Nos quedamos callados. Pegué mi rostro al de ella, noté agua en sus mejillas.

¿Estás bien?, le pregunté.

Estoy bien.

Quise enjugar su rostro, sentí las lágrimas que rodaban hasta su boca.

¿Estás segura?

Asintió en silencio.

Estoy rota. Estoy rota, tengo que dormir.

Duerme.

Escondió su cabeza en mi cuello. Sentí sus mejillas húmedas contra mi piel. El sabor salado de una lágrima que llegó a mi boca.

Perdona, dijo.

¿Perdona por qué?

Por estar tan agotada.

Voy a bajar, dije.

¿Bajar adónde?

Voy a dormir abajo.

No, quédate.

Agustín verá que hemos dormido juntos.

Me la suda, dijo. Paso completamente.

Se levantó para ir al baño. Volvió a la cama y se acurrucó contra mí.

Quiero dormir abrazada a ti, Sacha.

La abracé. Posó la cabeza en mi pecho. La acurrucó allí. En el esternón, como si quisiera cobijarse entre mis costillas, permanecer lo más cerca posible de mi corazón, escuchar los latidos toda la noche. Me quedé inmóvil, feliz, inmensamente feliz. Pensé que nunca se quedaría dormida de lo fuerte que latía mi corazón. Se durmió en cinco minutos. Permanecí así, sin atreverme a mover ni una parte de mi cuerpo, tan despierto como si acabase de dormir durante una semana seguida.

Por la mañana sonó el despertador, sentí que Marie todavía estaba allí, contra mi pecho, inmóvil como una piedra. Me separé lentamente de ella. Me levanté, me di una ducha y fui a despertar a Agustín.

Nos preparamos como todas las mañanas. Antes de que se fuese, le dije que Marie había vuelto a casa durante la noche. Que dormía. Que la vería por la tarde. Posó su mochila inmediatamente, subió las escaleras en tres zancadas y corrió a la habitación de su madre. Los oí besarse.

¡El cole!, no pude evitar decir. ¡El cole, Agustín, va a cerrar el portal!

Dos minutos, Sacha, respondió Marie. Se abrazaron.

Agustín bajó, salió pitando para el colegio y debió de llegar a tiempo, porque no volvió. Me hice un café. Empecé a beberlo delante de la ventana.

Fuera estaba gris. Un tiempo de invierno triste, como no hacía a menudo en V. Oí en la escalera los pasos de Marie. La vi aparecer al pie de la escalera, recién levantada de la cama, vestida con la misma ropa de la noche anterior, sin perder tiempo en tomarse una ducha. Se sentó a mi lado. No preguntó por Agustín ni cómo nos había ido durante su ausencia. Como si fuera obvio. Como si evidentemente todo hubiera ido bien, nunca lo había dudado. Miró por la ventana el jardín como si volviera a encontrarlo después de un largo viaje. Las yemas del rosal podado dos meses antes.

El rosal ya quiere florecer.

Dije que sí.

Y el plumbago.

El plumbago estaba allí, frente a la ventana. En mi opinión todavía tardaría en florecer. Marie salió a inspeccionarlo. Continuó su recorrido por el jardín. Comprobó que no había cortado demasiado la verbena y la adelfa. Que el mantillo al pie del pequeño olivo era lo suficientemente espeso como para protegerlo de las heladas. Al pasar cerca del rincón de las plantas aromáticas miró la salvia, atusó las hojas verdes pálidas y vellosas que crecían por todas partes.

¡Hay que ver cómo se propaga la dichosa salvia! A este paso coloniza la menta.

Paseó durante un par de minutos más por el jardín, indiferente al frío, con un calzado muy fino en los pies y un ligero suéter negro encima. Volvió a sentarse a mi lado en la cocina. Por fin pareció recordar lo que había sucedido durante la noche.

¡Hemos dormido estupendamente!, dijo mirándome.

Tú has dormido estupendamente, la corregí riendo. Yo tardé dos horas en conciliar el sueño.

¿Estás de broma?, preguntó sonriendo.

Sacudí la cabeza.

Nada de broma. ¿Cómo iba a dormir después de aquello?

Se rio. Le preparé una taza de café y la puse en la mesa ante ella.

¿Entonces?, pregunté.

¿Entonces qué?

Pues el viaje.

28

Aquella mañana Marie habló largo y tendido.

Se sentó delante de la ventana, de espaldas al jardín. Bebió un sorbo de café como para tomar impulso, para infundirse valor. Por los cristales, detrás de ella, vi las hojas del lauroceraso moverse lentamente por el viento.

Primero fui a ver a Jean, comenzó.

Yo ignoraba quién era Jean. Nunca había oído hablar del tal Jean.

La vi dudar.

Jean es un novio que tuve hace tiempo cuando estudiaba en París. Un compañero de la Facultad de Letras con el que viví unos meses en aquella época, en un cuartito abuhardillado que había alquilado cerca del Jardín del Observatorio. Un día obtuvo una beca para pasar un año en Alemania. Se fue y nuestra historia acabó ahí. Teníamos veinte años y no íbamos a vivir separados por dos mil kilómetros. No a nuestra edad.

Vi que sonreía al pensar en la separación de entonces, en lo que sin duda había tenido de desgarradora, de teatral, quizá.

Quería a Jean. Me gustaba mucho. Estábamos enamorados, era la primera vez que lo estaba de verdad. Prometimos que nos encontraríamos de nuevo, que cada uno viviría un poco primero. Y luego pasaron los años, cada uno hizo su vida, me enteré de que había tenido un hijo, yo también tuve a Agustín. Una noche sonó el teléfono, fue hace unos seis o siete años, ya vivíamos en esta casa. Estábamos los dos en la cocina, bebiendo una copa de vino mientras cocinábamos, Agustín no había cumplido dos años, estaba jugando en la sala. Al contestar reconocí la voz de Jean. Marie, ¿eres tú? Alrededor todo estaba tranquilo. Puedo describir con precisión el olor que había en la cocina, un olor a chipotle, chile ahumado mexicano, que acababa de echar en la sartén, es uno de mis olores favoritos, a lo lejos podía oír el balbuceo de Agustín, ya era de noche.

Marie, soy Jean, perdona si te molesto, solo quería tener noticias tuyas. Saber si eres feliz. Si todo está bien.

Sentí vértigo. Me callé un momento. Estábamos los dos ahí, a un metro de distancia el uno del otro. Lo estoy viendo de pie, frente a la vitro. Veo que escucha mi silencio, que levanta la cabeza, que no puede evitar aguzar el oído.

Dije que sí. Tomé aliento y dije que sí. No le pregunté a Jean cómo estaba. Simplemente le dije que era feliz. Dije esas extrañas palabras que no creo haber dicho nunca por teléfono, sonrió Marie, y las dije ante el hombre con el que vivía, que se encontraba precisamente allí, a mi lado, cocinando conmigo. El hombre al que atañía ese veredicto en primer lugar. El hombre que habría visto inmediatamente su vida trastornada si hubiera dado a la pregunta de Jean una respuesta distinta de aquella.

Sí, soy feliz, no como lo decimos a veces, sin sopesar bien cada una de las palabras que pronunciamos, como una frase dicha por decir, incluso si no es este el tipo de palabras que se dice a la ligera, porque nada más pronunciarlas sentimos a lo que comprometen, lo esencial, e inmediatamente una voz se alza en nuestro interior y nos pone en guardia, ¿has pensado bien lo que dices?, nos conmina, ¿crees de verdad lo que dices?, ¿estás segura de que no haces trampa?

Jean colgó y se hizo un silencio en la cocina. La llamada había durado treinta segundos; en total, había pasado un minuto como máximo. Y, sin embargo, el silencio que siguió era apabullante.

Es un exnovio, acabé diciendo. Él estaba de pie más o menos donde estás tú ahora. Siguió cortando los tomates en cuarterones y echándolos en el aceite sin decir nada. Le conté mi vida de estudiante con Jean. La marcha de Jean a Alemania. Nuestra promesa de volver a vernos algún día. Le dije la verdad: que la llamada de Jean me había descolocado un poco. Esperé su reacción. Me preguntó si quería que hablásemos. Si me iba a ir. Me lo preguntó muy en serio, quizá fue la única vez que lo vi tambalearse.

Marie se levantó, apartó el taburete, se apoyó en el radiador, como si sintiese la necesidad de calentarse o de tener más libertad de movimientos. Traté de leer la expresión de su rostro, pero en el contraluz no pude distinguir sus rasgos.

Le respondí que estaba allí. Le repetí que era feliz con él. ¿No he sido clara en mi respuesta a Jean?, le pregunté. ¿Acaso le he dejado la menor duda?, y él no insistió, siguió dorando los tomates como si no hubiéramos hablado. Como si aquel capítulo ni siquiera hubiera sido abierto. La comida estuvo lista enseguida y simplemente dijo ¡hala, a la mesa!, y nada en su actitud parecía alterado por lo que acababa de ocurrir, se sentó con toda la calma del mundo, ya lo conoces, me dijo Marie, estoy segura de que puedes imaginártelo, tiene miles de defectos, pero clase, desde luego, le sobra.

Pensé en Jean durante algún tiempo. Me preguntaba si seguiría viviendo en París. Si seguía siendo corrector de pruebas en aquella editorial donde alguna vez soñamos con trabajar. Lamenté no haberle hecho ninguna pregunta. Y luego es extraño las vueltas que da la vida, sonrió Marie. Un día compro la traducción de un libro que yo me moría por traducir, un librito de un autor sardo totalmente desconocido que a mí me encantaba, Luca Sau, su única novela, apenas cien páginas, una maravilla que habré propuesto mil veces a los editores, en vano. Abro el libro y veo que es Jean quien lo ha traducido. Para una pequeña editorial de la que yo nunca había oído hablar, La forêt obscure, tomado evidentemente de los primeros versos del *Infierno* de Dante, *Nel mezzo del cammin di nostra vita / Mi ritrovai per una selva oscura.*

Al llegar a casa busqué en Internet. Me enteré de que la pequeña editorial estaba domiciliada en Sète, muy cerca de aquí. Que el fundador y único empleado era Jean. Como si la hubiera creado con esa finalidad: publicar aquel librito que nadie quería. Primero para traducirlo, él que adoraba el italiano, pero nunca se había atrevido a lanzarse a la traducción. Y luego para publicarlo, ya que nadie más se decidía.

Dejó de apoyarse contra el radiador. Se irguió y fue a buscar entre los libros del salón. Volvió con un volumen amarillo. De un amarillo dorado. Exactamente el amarillo que busqué durante meses para mis cuadros, pensé de inmediato. Leí el título. Luca Sau, *La vie passagère*. Hojeé las páginas. Sentí el papel doblarse delicadamente bajo mis dedos. Un hermoso papel, grueso, firme. Le devolví el libro a Marie. Puse el café al fuego.

¿Le dijiste que había caído en tus manos?

Negó con la cabeza.

Era imposible que no hubiese caído en mis manos. Él lo sabía de sobra. Tarde o temprano acabaría cayendo en mis manos. No son tantos los lectores de Sau.

Pero no volviste a contactar con él.

En aquel entonces, no. Solo leí el libro. Descubrí que la traducción de Jean era excelente. Quería felicitarlo, darle las gracias. No lo hice. Eso no ocurrió hasta la semana pasada. Estaba furiosa. Me decía a mí misma: ¡Qué gilipollas! ¡Pero qué gilipollas! Me refiero al padre de Agustín, por supuesto, no a Jean. Me subí al coche y salí zumbando para Sète.

Vi a Marie reírse a carcajadas, como si una semana después todavía estuviera exultante.

No puedes imaginar lo feliz que estaba en el coche. Lo liberada que me sentía. Aparqué y corrí a la editorial, situada en uno de aquellos callejones que dan al puerto. Me había asegurado de su ubicación en Internet. Un callejón sin salida, perpendicular a la calle Rouget de Lisle. Llamé sin avisar, podría haber estado con su mujer, sus hijos, podría haberlo molestado, no sabía nada de su vida. Lo encontré solo. Sin sus hijos ese fin de semana, sin mujer. Separado desde hacía años.

Le tendí a Marie otra taza de café; sopló en el líquido humeante.

Pasamos tres o cuatro días juntos. Paseamos. Leímos. Hicimos el amor. Visitamos la editorial, me mostró las estanterías con la docena de títulos actualmente en catálogo, las traducciones del italiano, del catalán, del griego. Me pidió mi opinión acerca de determinados proyectos sobre los que dudaba. Nos pareció que no habíamos cambiado mucho. Que incluso era asombroso que hubiésemos cambiado tan poco.

¿Y después?

Después nada, dijo Marie, sonriendo tranquilamente. A veces es agradable volver a los viejos amores. Los vivimos de una vez por todas. Dejamos de decirnos que podría haber funcionado. Vemos que, en cualquier caso, es demasiado tarde.

Se giró, entreabrió la ventana para dejar pasar algo de aire.

Después de tres días con Jean, vi que todavía seguía echando de menos al autoestopista. Que me preguntaba a cada momento dónde estaba, lo que hacía. Que con quien tenía ganas de estar, allí y ahora, no era con Jean, era con él.

Marie sabía que aquellas palabras no solo eran duras para Jean. También lo eran para mí.

La mañana del cuarto día me levanté temprano. Cogí el coche y me dirigí al norte. Busqué en el mapa Zuytpeene, Zutkerque, Zuydcoote. Los dichosos pueblos con Z por los que dijo que había pasado. Conduje todo el día. Durante horas, vi desfilar el paisaje, blanquear los campos a medida que avanzaba hacia el norte, las plantas y la tierra cubrirse de escarcha. Ya no estaba feliz. Estaba triste. Tremendamente triste. No creo que hubiese estado tan triste en mi vida. Como si supiera de antemano que todo se había ido al cuerno. Como si fuese a su encuentro sin creer en ello, no tanto para recuperarlo como para perderlo definitivamente.

Me encontré en medio de campos desnudos, rasos, terrosos y, de repente, todo me pareció aburrido, la paleta de colores constreñida, reducida a unos pocos tonos paupérrimos, el marrón de los campos, el verde pálido de las lechugas heladas, el plástico blanco de los invernaderos. Todo el paisaje se empañó. Empezó a caer una fina lluvia, velándolo todo, difuminando los contornos de los árboles y los objetos, reduciendo el paisaje a líneas suaves, los colores a grandes lienzos de espacio pálido. Yo rodaba y todo me parecía enorme. Me daba la impresión de estar inmovilizada en la extensa llanura. Me veía como un punto minúsculo en medio de la tranquila extensión. A veces, una bandada de grajillas revoloteaba en torno a un árbol. O podía ver, entre los neveros parcialmente derretidos, los puntos negros de estorninos inmóviles, clavados al suelo por la lluvia y el frío, incapaces de levantar el vuelo. Veía a lo lejos el punto oscuro de un águila ratonera entumecida en una rama desnuda. La adivinaba con varios cientos de metros de antelación, la veía como una anomalía en la palidez del decorado y pensaba: águila ratonera. El punto iba creciendo, los contornos del ave se precisaban.

Nunca me equivocaba. Pasaba a la altura de la enorme rapaz sin que se moviera, sin que le importase en ningún momento si un automovilista la miraba más o menos. Todo su celo concentrado en sobrevivir. En soportar el maldito frío. Todo su afán en acurrucarse, en redondear el lomo, en retener el poco calor que le quedaba en el cuerpo. En impedir que el frío la congelase como a todo lo demás.

A veces atravesaba un pueblo donde brillaban las aceras empapadas. Vislumbraba el interior iluminado de un café, el escaparate parpadeante de una panadería envuelta todavía en adornos navideños, el canalón por el que seguía trepando, un mes después de las fiestas, un muñeco rojo y blanco con su saco a cuestas. Una pantalla digital me invitaba a un concierto de la coral municipal, a un torneo de dardos, a la presentación del programa de la semana de cine asiático prevista para el mes de abril.

Luego volvían otra vez la llanura, los campos negros, los penachos de nieve, las siluetas desnudas de algunos árboles reducidos a su esqueleto. Los matorrales semejantes a ramilletes de astas desgreñadas, hirsutos. La hiedra vivaz a lo largo de los troncos negros. Las bolas de muérdago prósperas en las ramas exangües. La tierra empapada de agua por todas partes. La hierba empapada de agua. El asfalto de la carretera saturado de agua. Hasta el aire saturado de agua, impregnado también, penetrado por aquella humedad lenta, fría, muda, insidiosa. Rodaba decenas de kilómetros sin ver una figura humana, sin encontrar más presencia viva que la de vacas postradas, ovejas postradas, pájaros postrados. Toda la naturaleza como abandonada, basculada en un frío decididamente insostenible para que los humanos se afanasen en ello. Todo el mundo huido, resguardado entre paredes confortablemente caldeadas, al amor de la lumbre, bajo un buen nórdico, dondequiera que se esté abrigado. Los árboles y los animales, los únicos obligados a quedarse fuera, los únicos obligados a permanecer a merced del espacio inmenso, a soportar el frío, la lluvia, la noche, sin más compañía que algunos edificios olvidados aquí y allá, viejas granjas medio en ruinas que seguían alzándose a lo lejos, solitarias, rígidas, congeladas por el termómetro, que había descendido demasiado, obligadas también a esperar, a dejarse trabajar en silencio por los hongos, los mohos, la podredumbre inexorable de sus paredes y su estructura.

¡Pobre Marie!, me dije.

¡Pobre infeliz, yendo a buscar a un hombre por las carreteras como quien busca una aguja en un pajar!

Pensé que cada árbol, cada planta, cada animal, cada granja destartalada, cada cobertizo en ruinas, cada surco de los campos estaba en el mismo estado que yo: reducido a su estructura íntima. Devuelto a su verdad. Sentí una intimidad con el paisaje que nunca había conocido.

Llegué a Zuytpeene. Bajé del coche al lado de la gran iglesia de ladrillo. Busqué. Lo imaginé allí sin dificultad alguna, entrando en la iglesia, rodeando el cementerio, deteniéndose frente a las mismas tumbas que yo. Saqué una foto de la iglesia y me fui. Pasé el día errando al volante, fijándome en los nombres de los villorrios de la zona, imaginándome cuáles podrían haberlo atraído. Estaba segura de que había ido a Léchelle. A Ames. A Planques. A Prédefin. A Bailleul-aux-Cornailles. A Denier.

Los recorrí todos. Aparqué en plazuelas de aldeas desiertas, bajé del coche, grité su nombre sin obtener otra respuesta que el eco de mi voz contra la pared de la iglesia. Me metí por caminos donde cada lugareño que encontraba me miraba a través del parabrisas.

Por segunda vez cayó la noche. Por segunda vez, dormí en el coche. Aparqué en la cuneta a la salida de un pueblo. Abrí el saco de dormir que tuve la buena idea de llevar. Me introduje dentro completamente vestida. Amaneció. Me puse en marcha. En Zuydcoote tomé un café con un cruasán. Charlé con los pocos parroquianos que había en el bar. Les pregunté si habían visto a un desconocido con una mochila a cuestas. Si por casualidad un tipo raro que iba de pueblo en pueblo en autoestop, parando aquí o allá para tomar un café o una bebida, había tomado algo en aquella barra. Respondieron con un acento muy cerrado. Me preguntaron si solía perder a mi marido. En un rincón del bar se podía ver la BFM, oír extractos del último discurso del presidente. Los tipos me lanzaban miradas de vez en cuando y volvían a escuchar al presidente, insultándolo en cada pausa.

Me subí al coche, conduje hasta el primer F1 que encontré. Me di una buena ducha. Estuve toda la tarde en el hotel. Y luego toda la noche. Miré la tele. Escuché a través de los tabiques de papel la vida de las habitaciones contiguas, casi todas ocupadas por viajantes de comercio, camioneros, trabajadores de pymes. Hacia las diez de la noche salí a comer un bocado. Caminé unos cientos de metros por el parque comercial donde me había detenido. Vi un bar de carretera todavía abierto, manteles de papel a cuadros y raciones dobles, barra con bombillas de colores intermitentes. Estuve a punto de entrar allí y engullir un *confit* de pato en lata, un filete con patatas fritas, una salchicha con mostaza o una sopa de cebolla. Luego, casi enfrente, vi un kebab. Opté por el kebab. Cuando volvía para acostarme, vi aparecer al final de la calle los calamitosos anuncios de plástico prefabricado de los hoteles Formule 1, el letrero rojo y amarillo hecho para atrapar automóviles a un kilómetro a la redonda. En el primer piso con vistas al aparcamiento reconocí el ventanuco de mi habitación. Vi los remolques de los camiones aparcados en apretadas filas, los locales de las oficinas de baja calidad alrededor, las calles vacías, las farolas absurdamente potentes.

Pensé, ¿qué coño estoy haciendo aquí?

Me dije que estaba loca. Me entraron ganas de reírme.

Soy esa mujer, pensé.

Soy esa loca que, abandonada por su hombre, vaga desde hace tres días por todas las carreteras del Norte para echarle la mano encima.

29

Y luego lo encontré. Al cuarto día lo encontré.

Marie volvió a sentarse a la mesa, como si la cercanía del ojo del huracán requiriese hacer acopio de fuerzas, regresar a casa, aferrarse. Su voz era tranquila, distante. No me miró ni me tocó. Era como si la noche pasada juntos no hubiese ocurrido. Como si el recuerdo de nuestros dos cuerpos entrelazados se hubiese borrado de sus pensamientos, relegado a un rango de importancia tan menor que ya no existía.

Estaba a doscientos metros de distancia cuando lo vi. Es él, pensé. Dios mío, es él. Reconocí su abrigo azul. Su mochila. Su gorro. Sus hombros ligeramente cargados. Estuve a punto de pegar un grito. Se había colocado a la altura de un semáforo, a la salida de Dunkerque, en una autovía de cuatro carriles, bien visible para los coches que llegaban, pero era casi imposible que le parasen. Yo circulaba por el carril de la izquierda, tuve que reducir la velocidad peligrosamente, meterme en el carril derecho y parar a su lado con el semáforo en verde. No me reconoció hasta el último momento, cuando ya estaba frenando.

Tendrías que haber visto su expresión, dijo Marie riendo, su desconcierto. El del vehículo que circulaba detrás de mí tocó el claxon, furioso. Subió al coche sin vacilar, cerró rápidamente la puerta y arranqué antes de que el semáforo se pusiese en rojo. Nos reencontramos los dos, a unos centímetros el uno del otro. ¿Has leído el relato de Kundera en el que dos enamorados juegan al juego del autoestop?, me preguntó Marie, mirándome de repente.

Negué con la cabeza.

Es la historia de una pareja de vacaciones. Ella es muy joven, él, unos años mayor; al comienzo, tiene una leve ascendencia sobre ella, algo más de experiencia en el amor, tampoco gran cosa. Ella es un poco mojigata, tiene vergüenza, a veces le gustaría estar a gusto con su cuerpo, sentirse libre y despreocupada. En determinado momento paran a repostar y la chica aprovecha para «hacer una cosa»; el joven se burla de ella porque nunca se atreve a decir la palabra *mear*. Cuando la chica regresa del bosquecillo adonde ha ido, él conduce hasta su altura y le dice la frase que desencadena el juego: ¿Adónde va, señorita? Ella responde en el mismo tono y tratándolo de usted. Y luego, mientras ella sube al coche, él continúa: Hoy estoy de suerte. Hace cinco años que conduzco, pero nunca había cogido a una autoestopista tan guapa. La chica sonríe y, para sorpresa del joven, entra inmediatamente en el juego, contestando con el mismo desparpajo: Parece que tiene mucha práctica en mentir a las mujeres. El comentario lo deja pasmado, pero vuelve a la carga. La chica no se arredra y va más lejos que él; tampoco se asusta después cuando él amenaza descaradamente con seguirla a la ciudad adonde va: Me pregunto lo que haría conmigo. Él está picado, celoso de descubrirla tan experta en el coqueteo. A partir de ese momento es como si los dos se desdoblasen. El chico mira a la chica coquetear con el extraño que él finge ser. La chica lo mira coquetear descaradamente con la joven desconocida que acaba de recoger en autoestop. Los dos están celosos y a la vez terriblemente excitados por engañarse uno a otro a plena luz, como se suele decir, en las narices del otro. Poco a poco va subiendo la tensión, se castigan llevando el juego cada vez más lejos. Al final, la chica intenta dar marcha atrás, pero el joven no quiere, suben a la habitación de un hotel y él la trata como a una prostituta, duermen juntos y él está lleno de odio, ambos están en un estado al que nunca imaginaron que podrían llegar: el placer se mezcla con un furor que lo hace diez veces mayor. La chica llora, asustada de experimentar más placer que el que nunca tuvo; en ese sentido, el relato es bastante machista, se podría discutir; en cualquier caso, al final están allí los dos en la cama, uno junto a otro, y se las ven y se las desean para recuperar sus papeles, ella deshecha en lágrimas y él sintiéndose muy lejos, en ese momento la odia irreversiblemente, es como si hubieran pasado al otro lado, como si hubiesen roto algo irreparable.

Marie se interrumpió. Yo me quedé mirándola, esperando la continuación. Me levanté, caminé hacia el grifo para llenar dos vasos de agua.

Hicisteis el amor como nunca, ¿es lo que vas a contarme?

Marie esbozó una sonrisa forzada.

No. Te cuento lo de Kundera porque pensé en el relato en el momento en que él subió al coche. Porque incluso antes de encontrarlo, tenía este juego en la cabeza y no paraba de decirme: Si lo encuentro, hago el número del autoestop. Me quedo con una calma imperturbable y lo meto en el juego del autoestop —con una ventaja decisiva, me decía, y es que yo he leído a Kundera y él no—. Ventaja que en realidad no lo era, me digo ahora, porque sin duda esa circunstancia bloquea de antemano el juego, lo impide. Hace que sea imposible desde el principio o cambia drásticamente su desarrollo. Porque ¿se puede jugar realmente a un juego cuyo resultado se conoce de antemano? ¿No se falsea todo el placer?

Marie me miró, parecía pensar de nuevo en mi frase, reírse de ella con tristeza.

Pues no. No hicimos el amor como nunca lo habíamos hecho. Ni tampoco jugamos al juego del autoestop. Él se sentó y yo comprendí inmediatamente que, si los enamorados del relato de Kundera jugaban al autoestop, si se les había ocurrido la idea de ese juego, era precisamente porque se aburrían. Porque nada los movía. Porque estaban dispuestos a hacer cualquier cosa para sacudirse el peso de la rutina. Yo, en cambio, cuando lo vi, sentí latir el corazón. De repente me avergoncé. Estuve a punto de gritar de alegría y al mismo tiempo me dije: Va a pensar que me comporto como una loca. O más exactamente: Va a saber que lo soy. Porque se me hizo evidente en ese momento: Estoy loca, pensé. Sin duda hay que estar un poco loca para hacer todo esto. Vi cómo el autoestopista abría la puerta con un gesto seguro, dejaba la mochila a sus pies y se sentaba a mi lado. Y en una fracción de segundo todas las frases que había preparado cuidadosamente se borraron de mi cabeza. Todas me parecieron anacrónicas con aquel momento, absolutamente fuera de lugar. Me quedé cortada. Cortada por haberlo encontrado. Cortada por estar a su lado, allí, en aquel camino del norte, a 1200 kilómetros de nuestra casa. Hubo un largo silencio. ¿Estás bien?, le pregunté. Él bajó la cabeza para decir que sí. Me di cuenta de que en ese momento solo tenía una pregunta en mi cabeza: ¿Me encuentra guapa?, ¿cree que soy la mujer de su vida? Pensé en la prenda de cuello cisne que me había puesto esa mañana al dejar el motel. Un jersey oscuro que no le gustaba. Y después de tres días en las carreteras, ¿puedo parecer una mujer con la mínima posibilidad de seducirlo? Eso es lo que pensé.

Maric se irguió, miró el vaso de agua en su mano antes de continuar, pasando pensativamente los dedos por el borde.

Me has encontrado, dijo. No había especial alegría en su voz. Tampoco reproche, más bien una especie de incredulidad. Me has encontrado, no puedo creerlo. Suerte, le dije. ¿Suerte?, replicó él. Nadie en el mundo lo llamaría suerte. Hay setenta millones de habitantes y un millón de kilómetros de carreteras en este país; decenas de miles de kilómetros de carreteras nacionales y departamentales, solo en este minúsculo departamento del Norte y vas tú y me encuentras. Lo noté enamorado. Sentí enormes deseos de que me besase. Hundió su cabeza un poco hirsuta en mis cabellos. Noté su olor fuerte, su piel brillante de fatiga. ¿Cuántos días hace que no te lavas? Tres, se rio. Esta noche será el cuarto. Pasé mis manos por su barba de una semana, por su cabello enredado. Él acercó su cabeza a mis senos, me besó el cuello, las sienes. Acercó mi cabeza a la suya, me quedé pegada a él, tuve que apartarla para seguir mirando la carretera frente a mí. Lo amaba. Deseé sentir su cabeza en el hueco de mi cuello, contra mi pecho. Quería sentir todo su peso sobre mí. Dijo: Te quiero, Marie. Posó su cabeza en mis rodillas. La dejé en mi regazo, sintiendo su peso contra mi vientre, sin dejar de conducir. Hundí mis dedos en aquella pelambrera. Revolví aquel bosque de cabellos enmarañados. Lo acaricié. Lo acaricié como a un niño grande y travieso, sensible y guapo.

Marie guardó silencio. Posó el vaso. Miré las puntas de sus dedos jugando con las miguitas de pan esparcidas sobre la mesa, apoyando la yema del índice encima para atraparlas y agruparlas. Aplastarlas luego con la uña del pulgar, reduciéndolas, en silencio, tranquila, maquinalmente, a una capa más fina que la arena.

Fuera, la sombra de las hojas del seto jugaba en el muro del jardín. Un pájaro revoloteaba en el techo del cobertizo de herramientas. La voz de Marie era tranquila.

Eso fue ayer, dijo. No: anteayer. Luego se hizo de noche. ¿Adónde vamos?, pregunté al cabo de un rato. Al primer hotel que encontremos, respondió. Me importaba un bledo saber dónde sería. Solo quería un hotel. Llegamos a Saint-Omer, aparcamos frente a un hotelito, Les Frangins. Nos encantó el nombre. Pensé que teníamos la suerte de cara. Que hacía poco tiempo todavía nos habríamos reído de todo aquello, habríamos pedido dos botellas de buen vino y hecho el amor bebiendo hasta la mañana.

Los ojos de Marie ahora estaban enrojecidos. Con la punta de los dedos índice y corazón dibujaba circulitos en el fino polvo dorado, dejando a la vista en algunos lugares la madera de la mesa, cubriéndola de nuevo, desplazando casi imperceptiblemente el lecho de polvo.

Habría bastado que me dejase llevar.

Daba golpecitos con el índice en la mesa, se detenía de vez en cuando para hundir el filo de la uña en una corteza más dura que las otras.

Habría bastado con no escucharme a mí misma. Todo estaba arreglado. Lo veía enamorado y, por supuesto, yo también lo estaba. ¿Qué pasó entonces? ¿Qué voz me empujó? ¿De dónde vino aquella certeza de repente? Llegamos a la recepción. Denos una habitación, por favor, le oí decir, como si no hubiese pasado nada, como si no hubiésemos estado a un paso de dejarnos para siempre. Y entonces la palabra salió sola de mi boca, incluso antes de pensarla: Dos. Él me miró. Denos dos habitaciones, me oí decir. El recepcionista, un chico alto y desgarbado, ridículamente embutido en un uniforme burdeos, bajó la cabeza y fingió teclear en su ordenador, seguramente pensando tierra trágame. Se produjo un incómodo silencio. Denos dos habitaciones, por favor, repetí, y esta vez el chico cogió otra tarjeta, la deslizó en el segundo portallaves desechable, garabateó un número encima y me la entregó. La 307 para el señor y la 311 para usted, señora.

Caminamos juntos hasta el ascensor, lo llamamos en silencio. Las puertas se abrieron. Durante diez segundos estuvimos a unos centímetros uno de otro, transportados juntos hacia arriba. Me pregunté si todo iba a recomponerse, si uno de los dos encontraría la forma de abrirse camino hacia el otro. En el tercer piso vimos el cartel. 301-310 a la izquierda. 311-320 a la derecha. Me apreté contra él. No buscó discutir, no trató de hacerme cambiar de opinión. Lo vi alejarse hacia su lado del pasillo. Caminé hasta mi habitación. La abrí y me arrojé llorando en la cama.

¿Qué hubiera querido que dijese? Quizá, si él tuviese móvil, le habría enviado un mensaje. Tal vez me habría llamado o habría terminado llamándolo yo y hubiéramos comprendido lo absurdo de todo aquello, habríamos podido dar marcha atrás antes de que fuese demasiado tarde.

Pero él no tiene móvil.

Hacia las seis de la mañana escuché ruido de pasos en el pasillo. Adiviné que era él. Lo oí llamar el ascensor. Estuve a punto de salir, de detenerlo, de retenerlo. Me quedé en la cama, espiando cada ruido, escuchando cómo el juego de dominó provocado por mi frase de la víspera —ni siquiera una frase, solo una palabra— acababa de completar su cadena de causas y efectos sin que yo pudiese hacer nada. Como si una vez activado el mecanismo ya no pudiese interrumpir su carrera. Oí que el ascensor se detenía en el tercero, muy cerca de mi puerta, los pasos de un hombre que entraba, el juego de poleas poniéndose en movimiento, la cabina descendiendo a la planta baja del inmueble.

Me costó trabajo levantarme. Lloré. Y si ahora me ves así, sin soltar una lágrima, es porque creo que ya derramé toda el agua que contenía mi cuerpo, sonrió Marie.

¿Y después?, pregunté.

Golpeó la mesa con determinación, casi orgullosa.

Después regresé. Subí a mi Clio tres puertas y volví a hacer los mil kilómetros en sentido inverso, de una tirada.

Se había calmado. Hablaba con voz tranquila, fluida, como salida de los rápidos y del estrépito.

A la ida, el invierno me había parecido deprimente. A la vuelta, lo encontré hermoso. Todo era negro. Como si la tierra y los árboles estuviesen más anegados de agua todavía, como si hubiesen continuado, lenta pero inexorablemente, su progreso hacia la podredumbre definitiva. Negro de las vallas y postes podridos. Negro de los troncos y ramas podridas. Negro de las escasas hierbas que resistían, del barro, de la nieve derretida. Negro de la hojarasca y de todo el suelo pudriéndose. Negro de los arbustos deshojados, de los bosques dormidos, de las breñas de zarzas olvidadas. Negro de toda la naturaleza devorada, ahogada, muerta, humillada, en su significado etimológico: vuelta al humus. Eso no me entristeció, al contrario. Negro del suelo con lo que tiene de fértil también, pensé. Negro de la tierra insaciable, devoradora. Negro del gran comedero primitivo, del caldo primigenio. Negro del que solo podría renacer la vida.

Conduje y conduje. Cada kilómetro, más segura de mí. Cada kilómetro, más serena.

Y aquí estoy.

30

Era mediodía cuando me fui. Marie me acompañó. Mientras me alejaba pensé: Me voy de su casa. Con esas palabras. Como si la casa, a partir de ahora, solo fuese suya.

Volví a mi casa, a mi apartamento de dos habitaciones. Encontré el café mohoso en la cafetera abandonada desde hacía diez días. Puse la radio, traté de hacer como si la vida reanudase lentamente su curso. Puse una lavadora con las prendas desperdigadas por la casa. Recogí una taza abandonada en mi escritorio. Miré el café seco en el fondo. Un cerquillo negro, marrón, agrietado en algunos sitios, más oscuro en el fondo, donde la película más espesa ni siquiera permitía ver la loza. Traté de encender el ordenador y ponerme a trabajar. Abrí el archivo de Word, quise reanudarlo donde lo había dejado, como si nada hubiera ocurrido, como si la semana que acababa de transcurrir, la noche con Marie, su relato de esta mañana, la evidencia de su amor por el autoestopista; como si todo ello no concerniese más que a una región periférica de mí mismo.

Y luego tuve un espasmo. Como si estuviera obligándome a tragar la más descomunal culebra jamás pasada por ningún esófago. Como si mi cuerpo se rebelase y gritase lo obvio: ¡Basta! ¡Basta de mentiras!

Me levanté, fui a la ventana. Miré el edificio de enfrente, la piedra dorada, la ventana abriéndose sobre los estantes llenos de libros. Asomó una cabeza. La vecina sacudió un mantel hacia la calle, me vio, me dijo un hola tan alegre que me obligó a recobrar de golpe el dominio de mí mismo.

Creí que se había ido de vacaciones. Como no veía luz de noche, estaba segura de que se había marchado.

Estuve cuidando al hijo de una amiga, respondí, y sentí el placer que experimentaba al hablar de Marie a una desconocida, al llamarla mi amiga.

¿Durante toda la semana?

Sí. Durante toda la semana.

Vaya, pues qué suerte la suya de tenerlo como amigo.

Me encogí de hombros, riendo.

Estoy de acuerdo.

Me deseó un buen día y cerró la ventana.

Me tumbé en la cama con una novela de Cormac McCarthy pensando en la sentencia «Nunca he tenido una tristeza que una hora de lectura no haya disipado». Pero incluso McCarthy me aburrió. Incluso las frases cortas de *En la frontera,* uno de mis libros favoritos, empezaron a parecerme tremendamente artificiales y difíciles.

Paja, pensé, como solía pensar a menudo de muchos libros de estilo pomposo; nunca, sin embargo, de McCarthy. Paja pura y dura. Insoportable.

Lancé *En la frontera* al otro extremo de la habitación. Se estrelló contra una esquina. Se quedó como un pájaro muerto contra el ángulo de la pared, páginas deshojadas, cubierta arrugada, panza hinchada como un fuelle de acordeón.

Pensé en las palabras de la vecina: Qué suerte tiene de tenerlo como amigo.

Me quedé dormido.

Transcurrieron dos días. Tres. El primer día estuvo gris. El segundo hizo buen tiempo y aun así permanecí inmóvil. Vi cómo la luz del sol giraba en la habitación, iluminando sucesivamente cada una de las paredes hasta caer hacia las dos de la tarde en la ubicación exacta de mi almohada, calentándome la cara, deslizándose lentamente hacia el suelo. Luego hacia la pared de la derecha. Después abandonando la habitación a su frialdad.

Odié que el sol fuera tan hermoso: los días grises al menos uno se queda en casa sin vergüenza.

Luego, lentamente, sentí que la tristeza cedía. No lo comprendí de inmediato. Pero enseguida me di cuenta de que ya no tenía un nudo en el estómago. Cocí pasta y la devoré. Casi sin darme cuenta retomé la lectura de McCarthy. Leí de un tirón *La isla* de Stuparich, un librito lleno de sol y Mediterráneo, de inmersiones en el agua desde lo alto de los acantilados, un libro en el que un padre va a morir y, antes de que sea demasiado tarde, padre e hijo se reencuentran, nadan juntos, se sienten, se dicen sin hablar que se quieren.

No dejé de pensar en Marie. Al contrario, pensé en ella todavía más. Me di cuenta después de varios días: ya no estaba triste. Si ahora holgazaneaba, era por descanso. Por gusto. Imperceptiblemente, sin ser consciente de ello, me había puesto a esperar.

Poco a poco adquirí esa certeza: solo era cuestión de tiempo. Pronto estaría allí.

Esperé todavía varios días, como quien refrena su alegría. Como cuando estás seguro de que puedes dejarla estallar.

Un mediodía, por fin, caminé hasta su casa.

La encontré sola, Agustín estaba en el colegio. Abrió la puerta, me vio.

¡Eres tú!

Traté de leer en su rostro si la constatación era feliz o desdichada.

¿Te molesto?, le pregunté.

Sonrió.

No.

¿Estás segura?

Segurísima.

Me mandó pasar.

Aunque no te lo creas, esperaba que fueses tú. Hace dos días que esperaba que fueses tú.

Me reí, incrédulo.

Bueno, soy yo, dije.

Me acerqué a ella. Dudé entre su boca y su mejilla. Finalmente la besé bajo la barbilla. Ella dobló el cuello, pasó la mano por mi pelo. La besé de nuevo, más tiempo esta vez.

¿Tenemos tiempo hasta la salida de clase?, le pregunté.

Hasta la salida de clase de mañana, sonrió. Agustín duerme esta noche en casa de un amigo.

Ya lo sabía, dije.

¡Anda ya!

Lo sabía, ¿o por qué crees que iba a venir hoy?

Me miró.

¿De verdad lo sabías?

¡Pues claro que no!

Se despojó de su suéter con un rápido giro de hombro, desabrochó el vaquero. Los botones de sus senos se acoplaron a mi pecho. La apreté contra mí. Nos encontramos desnudos en medio de la sala. Más despiertos que la primera vez. Nuestras manos más móviles, más sagaces. Nuestras bocas más anhelantes. Presurosos ambos.

31

Visité a Marie y a Agustín más a menudo. Me acostumbré a dormir en su casa.

Un domingo, Agustín quiso saber cuándo volvería su padre.

Le pregunté a Marie si quería que me fuese. Respondió que no. No, es bueno que estés aquí. Lo pasa bien cuando estás aquí. Voy a hablar con él, yo sola, pero tú no tienes que irte.

Permanecieron los dos en el jardín, Agustín dando patadas al balón mientras Marie hablaba, golpeando más fuerte a medida que comprendía. Haciendo preguntas de las que apenas me llegaban algunos fragmentos. ¿Y yo iré a verlo? ¿Y dónde viviré? Parapetándose luego en el silencio. Sin decir nada. Negándose a mostrar cualquier signo de emoción. Quedándose en silencio, simplemente, un silencio que espié desde la sala de estar con ansiedad, aguzando el oído, escuchando el roce de la ropa con un mimo reclamado como consuelo, el desgarro de un llanto.

Marie preguntando: ¿Estás muy triste?

Agustín contestando: Bueno, no.

Bueno, no, como si no viera dónde estaba el problema.

No es como si hubiese muerto.

Repitiendo esas palabras en un tono duro.

Está bien, no está muerto, solo se fue, no es muy grave.

Todavía permaneció una hora solo, dando patadas al balón. Disparando tiros contra el muro como si quisiese derrumbar todas las piedras. Marie se puso a trabajar de nuevo en su ordenador mientras seguía mirándolo por la ventana.

Tiene razón, al fin y al cabo, su padre se fue, ¿qué más hay que entender?

Su padre se fue, ¿qué más hay que decir? ¿A qué conduce hablar de ello durante horas?

El jardín volvió a sumirse en el silencio. Las plantas ocupadas en empujar imperceptiblemente sus brotes. La primavera preparándose para su regreso. La enredadera lista para reverdecer bajo el incipiente sol de marzo. El olivo enviando su savia a las más pequeñas terminaciones de sus tallos. Minúsculas hojas de suaves verdes surgiendo en el extremo de cada árbol, de cada arbusto, de cada planta.

Los días siguientes me dio la impresión de que Agustín marcaba distancias. Ponía menos pasión en nuestras partidas de ajedrez. Pedía con menos entusiasmo mis historias por la noche. Dejaba de jugar en el jardín en el momento en que me unía a él.

Vino una mañana mientras yo trabajaba en el taller del autoestopista. Me entregó un dibujo que acababa de terminar: una acuarela con la que debía de haber pasado horas, de colores resplandecientes, pintada con el mismo detalle obsesivo que ponía en todo lo que dibujaba, desplegada esta vez en cuatro hojas DIN-A4 unidas con celo.

¿Qué es?, pregunté mirando el dibujo como un tesoro.

La guerra.

En la parte superior, el aire libre se reducía a una fina banda gris. Todo lo demás era el subsuelo. Trincheras que se hundían bajo tierra. Tres, cuatro, cinco trincheras parecidas a madrigueras interminables. Algunas cavaban sus galerías a la izquierda, otras a la derecha, otras se adentraban hasta muy lejos, por debajo de los túneles enemigos. En aquellas trincheras centenares de pequeñas siluetas se afanaban acarreando fusiles, cofres, bidones de agua y de vino, incluso llevaban vacas y cabras.

¡Vacas en los túneles!, observé con asombro.

Para comerlas, dijo Agustín. Tienen que comer.

Había amplias estancias con hombres sentados a la mesa. Otras donde los hombres preparaban explosivos. Todo un mundo invisible visto en sección. Un hormiguero aterrador, que bullía de apetitos, de voluntades aplicadas a destruir, de explosiones por llegar.

Yo acababa de leer la historia de Les Éparges. Se la había contado. Los aliados frente a los alemanes durante tres años, en el mismo montículo, desde 1915 a 1918. Las decenas de miles de muertos de cada lado sin que la línea del frente se moviese apenas unos metros. Las explosiones de minas preparadas durante meses. La colina agujereada por todas partes como un queso gruyer. Secciones enteras dinamitadas. Horadada todavía hoy por cráteres tan vastos como mares lunares.

Has dibujado Les Éparges, Agustín, le dije orgulloso. Has hecho el dibujo más hermoso y terrible que nunca se ha hecho de Les Éparges.

Él sonrió.

32

Nos acostumbramos a nuestra nueva vida. Aprendimos a mirar las tarjetas que seguían llegando como lo que eran: pensamientos. Signos. Una forma de mantener el contacto. Vistas de Pauvres, de Suzanne, de Élan, de Velu, de Léchelle. Postales de Mon-Idée, de Pure, de Fossé, de Marre, de Mouron, de Saint-Martin-l'Heureux. A menudo la iglesia y la plaza del pueblo, como la muestra más representativa, la célula básica a partir de la cual podríamos hacernos una idea aproximada de las calles aledañas, comparar los pueblos entre sí, estimar su grado de vitalidad, su riqueza, su despoblación más o menos avanzada. A veces también un detalle: la fachada de un viejo bar; la foto de un plato local; una cesta de charcutería; un queso emblemático. La vista de un mercado, o el puesto de un chamarilero, o de un antiguo vestigio que era el orgullo del lugar. Pero la mayoría de las veces era la foto de la iglesia. Vista de la catedral. Detalle de la abadía.

Casi sin darnos cuenta, empezamos una colección de edificios religiosos. Iglesia del Mort-Homme. Iglesia de Donnement. Iglesia de Saint-Benin. Iglesia de Villeneuve-la-Lionne. Iglesia de Vaudeville. Iglesia de Hures-la-Parade. Todas esas iglesias construidas en esos pueblos, me decía a mí mismo cada vez. Todas esas iglesias construidas por los hombres durante tantos siglos. Ahora me sorprendía lo que siempre me había parecido evidente: que incluso en la plaza de los pueblos más remotos, incluso en el fondo de las más pequeñas aldehuelas, se encontrasen hombres para construir una casa de Dios. No solo para construirla, sino para querer que fuese más hermosa que ninguna otra. Más alta que ningún castillo, que ningún palacio ducal o principesco. Iglesias de L'Union, de Passage, de Saint-Rome-de-Tarn, de Loubaresse. Iglesias de Flavigny, de Neuves-Maisons, de Étain, de Dormans, de Sommesous, de Vaucouleurs, de Cheval-Blanc, de Baccarat, de Anglure, de Odile, de Dieuze, de Rupt. Nunca creí que acabaría conmoviéndome. Pero así fue, sabiendo además que el autoestopista era tan incurablemente ateo como yo.

Marie ya no sentía ira. Tristeza, sin duda, cada vez que llegaba otra tarjeta postal y, junto con ese rectángulo de cartón, un poco del hombre que había amado. Pero una tristeza que hacía lo posible por matar. Negándose a dar pábulo al autoestopista. Negándose a que pesase sobre su estado de ánimo. Procurando mostrarme que ella estaba allí ahora. Con nosotros. Conmigo.

Este fin de semana, si hace buen tiempo, podríamos ir de excursión a los Alpilles. He visto una cabaña donde dormir, hará un poco de frío, pero con unos buenos sacos de dormir lo pasaremos genial. ¿Qué os parece? Y como es temporada baja nadie nos molestará.

Agustín la miró sorprendido y dijo que sí.

Vale, este fin de semana senderismo.

En el reverso de las postales, las palabras iban dirigidas a los tres, como si fuese evidente que vivíamos juntos.

Muchos besos para Marie y Sacha, le escribía el autoestopista a Agustín, sin que en ello se leyese el menor encono, la más mínima amargura.

Otras veces se dirigía a Marie y a mí. Queridos amigos, era el encabezado de las postales. Y era sincero: nos escribía como a sus amigos más queridos. Se dirigía a nosotros con voz confiada, seguro de nuestro afecto, sin dudar ni un ápice del que nosotros le profesábamos.

Un día que llamó por teléfono, Marie le habló del dibujo de Agustín.

Cuando puedas, ve a Les Éparges, le gustará.

Unos días después, Agustín recibió una carta con fotografías sacadas de noche. Había cinco o seis, todas igualmente sombrías, aterradoras, la oscuridad tan espesa que el *flash* solo lograba iluminar el primer plano. Campos de cruces blancas surgidas en el resplandor de los faros. Agujeros gigantescos bordeados de abetos y rocas. Ensanchamientos monstruosos, llenos de tinieblas.

Nos llamó por teléfono dos días después. Agustín le preguntó si había pasado miedo. El autoestopista dijo que sí.

No sé si era exactamente miedo, pero el caso es que no me sentía bien. Y el conductor que me llevaba, tampoco. Era panadero, volvía a su casa. Le hablé de tu dibujo y no le importó desviarse. Me dijo: Por su hijo lo hago encantado.

Activamos el altavoz del móvil de Marie para oír al autoestopista contar el descubrimiento del sitio. La lectura en la parte inferior de la colina del panel que narraba la herida de Genevoix, la de Jünger, la muerte de Louis Pergaud, el autor de *La guerra de los botones* que tanto te gusta, Agustín. Luego el avance en la oscuridad, toda la naturaleza alrededor sumergida en la negrura, el mundo reducido, a la luz de los faros, a un exiguo burlete de hierba verde clorofila a cada lado del asfalto, a las siluetas espectrales de una o dos vacas molestadas en su sueño, con la testuz erguida por la sorpresa, los ojos vidriosos. Luego, de repente, la multitud de tumbas surgidas de las tinieblas, miles de cruces blancas parecidas unas a otras, innumerables, cubriendo toda la extensión de la ladera, sin dejar ni un metro cuadrado de hierba a la vista. Los faros deslizándose a lo largo de la ladera y siempre nuevas cruces surgiendo de la oscuridad, tremendamente blancas sobre el fondo verde de la hierba, arrancadas durante unos segundos de la nada, terriblemente lúgubres, desoladas, abandonadas.

La voz del autoestopista era tranquila, reposada.

En aquel momento, ni el panadero ni yo dijimos nada, continuó, nos quedamos callados los dos, y el coche encadenaba sin un ruido las cerradas curvas, subiendo a la cima de la colina invadida de vegetación, como si nadie desde el final de la guerra se hubiese atrevido a cortar allí una rama, como si arrancar una brizna de hierba, una hoja de árbol de aquella colina fuese como asesinar por segunda vez a la multitud de desdichados muertos allí. Pero lo más fuerte es lo que encontramos en la cima. Una furgoneta habitada, en la que dormía una pareja, tal vez toda una familia. Una furgoneta de turistas que se habían dicho: Venga, vamos a pasar la noche a Les Éparges.

Quizá no sabían nada, dijo Agustín.

Es imposible. Te juro que cuando estás allá arriba es imposible no sentir que allí han muerto treinta mil hombres.

Agustín quiso saber algunas cosas más, preguntó al autoestopista si sabía cuántos cientos de vacas habían sido comidas en Les Éparges durante la guerra. Si creía que vivían muchas vacas con los soldados en las galerías bajo la colina. Nos reímos. Después Agustín y el autoestopista colgaron, sin que a Agustín se le ocurriese preguntarle a su padre cuándo volvería. Sin que se le pasase por la cabeza la idea de que podría regresar. Porque eso solo le atañía a él.

Un largo silencio flotaba en la estancia. Como si un poco de la noche de Les Éparges hubiese venido a inmiscuirse entre nosotros. Como si algunos de los fantasmas sepultados allí hubiesen encontrado la manera de colarse por el altavoz del teléfono, demasiado tiempo abierto, y continuasen flotando allí, entre nosotros, en la sala de estar.

33

Nos acostumbramos a asignarle misiones, diciéndole por teléfono nombres de ciudades y pueblos que nos atraían. A Agustín se le ocurrió Aast, el primer pueblo del alfabeto. Marie le preguntó por Villers-sur-Port, la aldea de sus abuelos, a la que no había vuelto desde hacía treinta años. Al cabo de una semana recibió una carta. Fotos de vacas en un prado que dominaba la aldea. De un flamante cobertizo de trilladoras. De unos maestros fundidores de bronce en plena colada del metal fundido. De un cementerio apenas mayor que un jardín de párroco. De la lápida tapizada de musgo y plantas suculentas de sus abuelos: Aimée Reuchet y Jean Reuchet. Por último, la vista de una larga granja de paredes casi ciegas en la que destacaba una placa que decía: En esta casa vivieron Jacques Reuchet y su padre, Jean Reuchet, combatientes de la Resistencia, muertos por Francia el 13 de agosto de 1943.

De Aast el autoestopista envió fotos de maizales. Maíz hasta donde alcanzaba la vista. Aquí y allá casas flotando entre los campos. Un campanario elevándose por encima del muro de tallos verdes. Pero siempre, en todas partes, ocupando dos tercios del cuadro, el maíz.

Otro día fui yo quien le hizo el encargo.

¿Y Calais?, le pregunté. ¿Por qué no te das una vuelta por Calais?

Diez días después llegó algo más que un paquete, una voluminosa caja en la que encontré un batiburrillo de objetos enviados sin explicación: tenedores y cuchillos embadurnados de arena; bolígrafos con la carcasa descolorida y estriada; pedazos de espejos; un viejo balón de baloncesto abandonado; un cepillo de dientes usado; frascos de champú y tubos de dentífrico; un preservativo descolorido por el sol, pero utilizable, a juzgar por la fecha de caducidad todavía vigente; un viejo gorro que por más que sacudí y sacudí, seguía soltando granos de arena que se metían en mi pelo tan pronto como me lo ponía.

Fue al ver las fotos depositadas en el fondo de la caja cuando lo entendí. Imágenes de dunas extenuadas, infestadas de restos, niveladas en muchas zonas a golpe de máquinas que habían dejado enormes huellas de oruga. Primeros planos de un suelo arenoso en el que el autoestopista había encontrado los restos, piquetas de tiendas, jirones de ropas y mantas, envases de alimentos desgarrados. Había ido al emplazamiento del campamento de las Landas, la famosa «jungla» arrasada hacía un año y pico, con sus miles de habitantes dispersados. Lo había recogido todo durante una tarde, en el emplazamiento del antiguo campamento de chabolas, escudriñando el suelo a la manera de un arqueólogo, recogiendo todo lo que encontraba y embalándolo para enviármelo.

Lo que más me gusta es el cucharón, decía el autoestopista en el reverso de una foto. Es para ti, quédatelo.

El cucharón estaba allí. Un cucharón de hojalata, abollado, que pesaba apenas lo que una cuchara, pero que debió de servir durante meses en cualquiera de los figones del campo de refugiados, sumergiéndose en mil potajes afganos o eritreos, cumpliendo como pocos de sus hermanos su oficio de cucharón.

Para Agustín, el autoestopista había reservado lo más hermoso del botín: un balón de cuero amarillo y verde recogido entre las dunas, que ocupaba él solo los dos tercios de la caja de cartón. Un balón que tuvo que haber sido golpeado por centenares de pies de todos los países, que habría cruzado miles de veces la meta marcada entre dos piedras o dos palos plantados de cualquier manera, desencadenando un sinfín de hurras, juramentos y gritos de protesta y de triunfo.

Pero ¿estás seguro de que ya no se usaba?, le preguntó Agustín por teléfono unos días después.

Había varios en las dunas, aseguró el autoestopista. Tal vez cinco o seis balones abandonados allí, a unos cientos de metros de los restos del campo, sin duda por personas que se fueron sin poder llevárselos.

Pero ¿estás seguro de que ya no eran de nadie?

Tuve mis dudas, dijo el autoestopista. Y luego me dije que, si sus dueños los habían dejado allí, era para que alguien los aprovechase. ¿Y por qué no tú? ¿Por qué los que no tienen casa no van a hacer regalos, como los demás?

Se hizo un silencio. Agustín no parecía muy convencido.

Ahora tienes que jugar con él. Es lo único que cuenta, puesto que me lo llevé: es necesario que sirva, que siga haciendo su trabajo de balón. Lo de menos es dónde. Lo de menos es qué pies lo golpeen. Lo que importa es que siga siendo lo que es desde siempre: un balón hecho para jugar. Para que los niños se diviertan con él.

Seguí a Agustín al jardín. Probamos el balón en la hierba. Tímidamente primero. Como si cada patada en aquel cuero fuese un sacrilegio. Estuve a punto de reprender a Agustín cuando chutó fuerte contra el muro, mandando el balón rasante contra las piedras.

Luego, lentamente, quedamos atrapados en el juego, abandonando toda moderación. El balón se volvió un balón como todos los balones.

Ahora es Agustín quien me regaña cuando lo dejo fuera.

Sacha, te has dejado el balón bajo la lluvia.

Y sale corriendo a ponerlo a buen recaudo. Pero no como un balón recuperado del campamento de las Landas. Como cualquier balón de cuero.

34

Los días se alargaban de nuevo. Hacía buen tiempo. Marie y yo caminábamos mucho; los sábados por la mañana con Agustín, a través de las colinas, en línea recta, hasta el agotamiento y mucho más si había que bajar cañadas o atajar por el bosque. Agustín corría feliz como una liebre las primeras horas, luego se cansaba. Al final teníamos que darle ánimos para rehacer en sentido inverso los kilómetros pateados a la ida entre piedras y olivos.

De vuelta en casa, se tumbaba en el sofá con un libro y se quedaba dormido en cinco minutos. Nosotros bebíamos un té para entrar en calor y subíamos al piso de arriba a descansar. Yo me daba una ducha de agua hirviendo y me metía desnudo entre las sábanas, esperando a que Marie se duchase a su vez. Saboreaba la espera del momento en que ella salía del baño, enrollada en una toalla que dejaba caer para unirse a mí, con todo su cuerpo todavía cálido.

El autoestopista se había ido y, sin embargo, estaba allí. Pensábamos en él. Sus envíos nos decían que él pensaba en nosotros. Sabíamos dónde estaba aproximadamente. Nos sorprendía a veces, reapareciendo a varios cientos de kilómetros de donde habíamos pensado, como una ballena que se sumerge y emerge mucho más lejos de lo que imaginamos.

Por teléfono su voz era alegre, feliz, como si su nuevo papel de enviado especial le sentase bien, lo ayudase a encontrar su lugar en el especial equilibrio establecido entre los cuatro. Un equilibrio precario, poco común. Pero que se mantenía. Que nos hacía felices a los cuatro. A menudo ese pensamiento cruzaba por nuestra cabeza y nos dejaba a Marie y a mí maravillados: se mantenía. Por increíble que parezca, se mantenía.

Era como un apéndice de nosotros mismos enviado a la aventura, una sonda a través de la cual nos llegaban pedacitos del mundo. Era nuestro explorador. Un compañero a cuyas fantasías asistíamos con ternura, con solaz. Un doble caprichoso, presencia amiga que sabíamos tan lejos como cerca, demasiado lejos para que descansásemos en él, y, pese a ello, lo suficientemente cerca como para acompañarnos. Viajaba por nosotros, descubría por nosotros, conocía gente por nosotros. A dondequiera que fuera, rebuscaba. Era como un tejedor que hace su nido de lo que encuentra, mezcla hojas y ramas y briznas y jirones de tela para su obra. Acopiaba. Incansablemente.

Lo sorprendente era que a través de él se anudaban lazos, se acercaban vidas. Agustín y sus amigos, en V., chutaban con el mismo balón con el que un mes antes lo habían hecho refugiados de los cuatro puntos cardinales. El cucharón que había servido miles de comidas en Calais llenaba ahora nuestros platos.

A veces formulaba explícitamente su deseo: ir más lejos del momento compartido en coche. Hacer de forma que el lazo perdure. Que un hilo permanezca. Ahora ya no solo anotaba la dirección de los automovilistas que lo recogían, les daba la suya —la nuestra—. Insistía para que la gente escribiese, pasase, se quedase unos días si les apetecía. A veces llegaban cartas: de Bretaña, de Alsacia, de Borgoña, de los Pirineos... Las depositábamos con las fotos en la gran caja de los tesoros hasta nueva orden, hasta el día en que el autoestopista regresase, porque no dudábamos de que tarde o temprano volvería.

Una tarde de marzo una autocaravana azul cielo aparcó delante de nuestra casa: eran Josiane y Robert, una pareja de sexagenarios que el autoestopista había conocido dos meses antes entre Lorient y Nantes. Una autocaravana llena de enseres de *camping*, firmemente decidida a hacer una etapa de varios días con nosotros.

Hola, sois Marie y Sacha, ¿verdad?, dijo Josiane al vernos. Y salió de la autocaravana para besarnos como si nos conociese de toda la vida.

Robert y Josiane poseían esa cordialidad y campechanía de los viajeros acostumbrados a ayudarse mutuamente. Las bicicletas atadas al techo de la caravana. En su interior, una litera con dosel construida por Robert que inmediatamente sirvió de cabaña para Agustín.

Se fueron al cabo de cinco días, dejando atrás el mismo vacío que los amigos.

35

Con el tiempo, el autoestopista empezó a lamentar que los viajes se acabasen. Que su camino, ineluctablemente, tuviese que separarse del de las personas encontradas. Comenzó a preguntarles si se daban cuenta. Si se habían parado a pensar en el extraordinario concurso de circunstancias que habían permitido que sus caminos se cruzasen.

Habitualmente, los extraños que conocemos están relacionados más o menos con la vida que llevamos. Con el trabajo que hacemos. Con el colegio al que van nuestros hijos. Con los bares y lugares de ocio que frecuentamos. Tarde o temprano nos los volvemos a cruzar, hablamos con ellos nuevamente. Mientras que usted y yo: ¿qué posibilidades teníamos de encontrarnos? Y ahora, ¿vamos a destruir todo eso?

Pasa lo mismo con mucha gente con la que nos cruzamos, decía el conductor para tranquilizarse. En realidad, con cada encuentro o casi. Fíjese en Internet. Tantísimas personas que se pueden conocer.

Pero el autoestopista decía que no. En Internet impera cualquier cosa menos el azar. En Internet nos conectamos a un sitio concreto. Consultamos un perfil. Examinamos fotos. Elegimos.

Podía darse el caso de que el automovilista sonriese por las grandilocuentes palabras del autoestopista, que se burlase un poco de él. Pero, en el momento de despedirse, en las voces de ambos se percibía una gravedad inusual. Era como si el automovilista hubiese elegido expulsar al autoestopista de su vida. Como si se resignase a no verlo nunca más, cosa que hacemos, en realidad, cada vez que nos despedimos de una persona encontrada en un tren, un metro o un autobús. Solo que, esta vez, la renuncia se hacía *con conocimiento de causa*: el automovilista rompiendo deliberadamente el tenue hilo que lo había ligado al autoestopista. Rompiéndolo sin dejar de mirarlo a los ojos, sin remordimientos. Con una perfecta lucidez respecto al instante en que la ruptura tenía lugar: el momento en que sus manos, tras estrecharse por última vez, se separaban irreversiblemente.

¡Esta sí que es buena!, decía el tipo, acabo de hacerle un favor y me siento como un gilipollas.

Otras veces, por el contrario, comprendía, compartía el asombro del autoestopista, de repente sentía el mismo vértigo que él ante la idea de romper lo que el azar había unido. Planeaban juntos un reencuentro. La próxima ¿qué se imagina que haremos?, preguntaba el autoestopista. Me lo imagino ayudándome en el jardín, decía el tipo. Pues yo nos veo a ambos trasteando un domingo en mi taller, preparando el aislamiento de mi bodega. Yo nos imagino a los dos pescando en el canal de Nivernais, cómodamente sentados ante nuestras cañas. Yo me veo unos días con usted por las carreteras, recorriendo Normandía en autoestop. A punto de visitarlo en el sur.

Algunos respondían al momento, como cuando soltamos una ocurrencia. Otros se quedaban largo rato reflexionando. Miraban al autoestopista sentado a su lado con toda la pinta de preguntarse sinceramente qué hacer con él. La inquietud cambiaba de campo. El autoestopista esperaba el veredicto con una pizca de ansiedad.

Puesto que me lo pregunta, seré sincera con usted, acabó soltando una conductora muy elegante que tenía la edad suficiente para ser su madre. Le diré la primera idea que me vino a la cabeza, la primera de todas. Perdone, pero me veo pasando un buen rato en una playa nudista con usted. Un buen rato con tiempo espléndido, en una playa muy cálida, totalmente desierta, sin que mi marido se entere, y eso me hace sonreír. Nos imagino a los dos haciéndonos amigos de estadio, decía un forofo del Racing Club de Lens, abonado desde hacía veinte años del estadio Bollaert. Juntos en la grada de curva en todos los partidos. Nos veo a los dos jugando al tenis, confesaba una joven, madre de un niño de la misma edad que Agustín.

¿Al tenis?, repitió el autoestopista.

Al tenis, sí. ¿Por qué?, ¿no le gusta el tenis?

El autoestopista le preguntó si era un partido de dobles mixto lo que se imaginaba. Si en la película que se montaba estaban en el mismo lado de la red o en el contrario.

Uno frente al otro, respondió sin dudar la conductora. Me imagino desafiándolo al tenis. Jugando un duro partido contra usted y ganándole al final, y el autoestopista no pudo evitar mirarla con ojos sumamente intrigados.

Dos o tres veces lo había hecho. Le había propuesto al automovilista del Nivernais acompañarlo de verdad a una jornada de pesca. A la joven madre ir a golpear unas bolas de tenis con ella. Se había fotografiado sentado mano a mano con el pescador en unas sillas plegables de *camping*. A uno y otro lado de la red con la jugadora en la cancha de tenis, dándole el apretón de manos previo al partido. Ambos en ropa deportiva. Él embutido en unos *shorts* demasiado cortos, prestados por el club de tenis de Châteauroux que la chica solía frecuentar.

Eran imágenes impregnadas de una gentil melancolía: tantas vidas potenciales que solo existían durante una tarde.

Tantos comienzos de amistades cuya puesta en escena decía paradójicamente que se quedarían en agraz, que jamás serían vividas.

A veces algunos ponían al autoestopista ante la tesitura de una verdadera relación. Un viajante de ropa lo invitó a pasar un fin de semana en su casa de campo en Allier. Una familia insistió en que se quedase a dormir después de una tarde en la bolera. Una chica le reprochó que se resignase de antemano, que no quisiese vivir realmente las otras vidas de las que hablaba. Que deplorase su imposibilidad incluso antes de haberlas intentado. Lo atacaba sin piedad, con una serie de directos al rostro. ¿Y por qué utilizaba siempre el condicional compuesto? ¡Y dale con el *yo habría podido, nosotros habríamos podido*!

¡Tú puedes!, decía la chica. Puedes. ¡Aquí y ahora! Está aquí, mira. Te tiende los brazos. Lo llevaba a su casa y le hacía el amor largamente para hacerle pasar el amargor de aquella maldita melancolía. Lo cabalgaba para despertarlo, para atraerlo al presente, poniendo todo su empeño, toda su determinación de enemiga de la nostalgia.

¿Acaso mi trasero es pasado irreal?

Él se iba grogui, más melancólico que nunca. Porque la chica estaba equivocada, se decía. Habían pasado la noche haciendo el amor, frotándose deliciosamente uno contra otro. Pero eso también tenía un final. El hecho de que se hubiesen amado toda la noche no quitaba nada al desgarro de dejarse. Durante dos o tres días seguía sintiendo los cabellos de la joven en su rostro. La caricia de sus senos contra las mejillas. La veía de nuevo desnuda bocabajo riéndose y diciéndole: Ven.

Poco a poco comenzó a soñar con una fiesta. Una gran fiesta que reuniría a todos los conductores encontrados a lo largo de su viaje. Mi segunda familia, decía por teléfono. La familia de personas que una vez me llevaron a bordo. Que me hicieron el don de su hospitalidad. Con frecuencia me digo que es con ellos con los que tendría que recomenzar todo. Pienso en ello a menudo, me digo que si hubiese que rehacer el mundo, ir a otro continente o a otro planeta a reinventar la sociedad con una muestra de la humanidad tomada al azar, representativa de la variedad de hombres y mujeres de hoy, este sería un buen criterio: gentes no cobardes. Auténticas. En absoluto de acuerdo entre ellos. Susceptibles de partirse la cara por muchos temas. Pero todos capaces de abrir su puerta.

Imaginaba un fin de semana en la playa. Una reunión en algún lugar boscoso. Dentro de unos meses será verano, decía, y soñaba con una ruta de dos o tres días, amenizada cada noche con escalas en los pueblos donde hacer parrilladas, tocar música, bailar. Volver a verlos a todos a la vez, decía por teléfono. Reunir de verdad los centenares de rostros preservados en una foto dentro de una caja de cartón. Permitir que se encuentren en la vida real. Mil personas venidas de los cuatro puntos cardinales de Francia a pasar un fin de semana juntos.

Yo ironizaba al respecto.

Mil personas que, por supuesto, saltarían a su coche para responder a su llamada. Mil personas que no esperaban otra cosa que hacer diez horas de camino por venir a encontrarse en medio del bosque con un tipo con el que se habían cruzado una vez en su vida, con el que habían pasado el tiempo que dura un viaje.

Él no se apeaba de su idea. Apostaba a que muchos lo harían, estaba seguro de ello. Ya estoy viendo la fiesta, decía. Como si esa idea lo tranquilizase, le permitiese imaginar una salida, un final feliz: la dispersión derrotada. La eterna separación de las existencias conjurada. La multitud de hombres y mujeres reunida.

36

Poco a poco se fue alejando. La frecuencia de sus cartas se ralentizó. Tardamos un tiempo en darnos cuenta. En lugar de tres o cuatro días, cada nuevo envío tardaba cinco o seis días en llegar. Después nos acostumbramos a esperar una semana. Era tenue, discreto, tan bien compensado por la calidez de las palabras garabateadas en el reverso de las postales que nos negamos a ver un reflujo. Era apenas un alejamiento. Algo así como un lentísimo fundido en la lejanía. Un borrado casi imperceptible, consciente o inconscientemente hecho para parecer menos doloroso.

Pensé que era una forma de irse también. No la más valiente, desde luego. Pero era una forma. Sin golpes de efecto, sin alharacas. Sin portazos. Por desvanecimiento.

En las pocas postales que siguió enviando, el autoestopista contaba sus proyectos. Viajes al extranjero sin salir de Francia: Saint-Benin, Venise, Montréal, Porto, Grenade, Le Désert, Dunes. Viajes gastronómicos: Tournedos-sur-Seine, Échalot, Painblanc, Lentilles, Gras, Autruche, Caille, Mouton, Goyave, Cerisé, La Bouteille, Champagne. Viajes imperativos: Allons, Viens, Cours, Bulle, Bois, Palis, Tournefort, Oust, Cloue, Salives, Soyons. Viajes anatómicos: Menton, Courbes, Corps, Ongles, Hanches, Aureille, Gland, Sein, Chatte, Colonne, Saint-Genou, Osse, Chevillé, Saint-Phal, Saint-Paul-Mont-Penit, La

Motte, La Grande-Motte. Viajes adjetivos: Doux, Lent, Vif, Faux, Captieux, Vert, Vieux, Blet, Bidon, Brusque, Joyeuse, Chaudebonne. Viajes de enamorados: Suzanne, Germaine, Saint-Désiré, Marguerittes, Paule, La Harengère, La Goulafrière, Félines.

Algunas semanas parecía de malhumor: Aspres-lès-Corps, L'Épine, Soucy, Aiguilles. Otras, por el contrario, la belleza del mundo lo deslumbraba: Bellaffaire, Beausoleil, Beaulieu, Bonson, Beauregard-de-Terrasson, Allenjoie, Aubaine.

Se alejaba. Multiplicaba las piruetas, como tantas pantallas tras las cuales desaparecer mejor. Seguir escribiéndonos sin contar nada o casi nada de lo que vivía.

Un día de abril recibí esta carta.

Sacha, hallarás adjunto el dibujo de un proyecto de ingenio que me gustaría realizar: un «vaciómetro». Me servirá para medir los grados de vacío que encuentro durante mis viajes. Como sabes, las tres cuartas partes de Francia están desiertas. La diagonal del vacío existe. Es tremenda la cantidad de lugares donde todo parece desierto, las granjas, los campos, los caminos. Pero ¿en qué lugar alcanza el vacío su mayor intensidad? He estado en los Causses del Aveyron. Me he internado en los bosques del Jura. He subido hasta los desolados seracs de Saboya. Pero el punto de mayor vacío, ¿dónde está? Cuando pregunto a los conductores su opinión sobre este asunto, la mayor parte se alejan de la nacional y toman carreteras secundarias. Serpenteamos juntos a través de campos, de bosques. Y luego, por fin, bajamos del coche y caminamos hasta el medio de un campo, hasta el fondo de una hondonada o hasta el borde de un precipicio. Allí el hombre se detiene, se queda de pie en medio de la naturaleza silenciosa. Comprueba que su teléfono no tiene cobertura. Escuchamos. Espiamos la naturaleza. Aguzamos el oído ante el más mínimo crepitar de hojas. No sé si es el vacío, pero es hermoso. Ayer un hombre que me había recogido por la mañana entró en el juego. Llamó a su trabajo para tomarse el día libre y se quedó conmigo hasta la tarde para seguir buscando. Ahora estoy aquí, en Ariège. En torno a mí hay bosques. Ovejas. Individuos solos que viven más o menos en chozas construidas con sus manos. ¿Y tú?

37

Y luego los envíos cesaron.

La primavera volvió definitivamente y con ella los días hermosos, las tardes soleadas, la exuberancia de las plantas. Trabajamos en el jardín, plantamos diez matas de tomates. Agustín, que el año anterior no había pasado ni una hora en el huerto, se pasó dos días completos. A la hora de cenar, la mesa se llenaba de amigos. Pasábamos hermosas veladas en el jardín, regadas con buen vino, amigables, hasta altas horas de la noche.

Marie terminó el primer borrador de su traducción. Pudo respirar un poco, tomarse un tiempo para ella, abandonar el despacho. Volvió a tocar el piano, a leer durante horas, a salir a pasear. Disfrutamos de largas jornadas juntos, deliberadamente, felizmente dedicados al arte más difícil de todos: no hacer nada. Jornadas enteras ociosas, desocupadas, abiertas como grandes playas con marea baja. Tardes en la cama los dos viendo pasar las horas en la esfera del despertador. Felicitándonos por perder el mayor número de horas posible. Por suspender el tiempo hasta el último momento, cuando suena el timbre del final de clase, cuando ya casi ha pasado la hora ir a buscar a Agustín.

A veces veía a Marie pensativa, la mirada perdida en el vacío. Espiaba el instante en que sus pupilas volvían a fijarse, en que sus pensamientos se conectaban con el mundo alrededor. De pronto me veía, veía que yo la había visto, se limitaba a sonreírme, tranquilamente, sin pretender justificarse por haberse ido lejos. Yo no le hacía preguntas. Ella no me hacía ninguna promesa. Los días pasaban y vivíamos juntos. Pero el temor a que tarde o temprano todo acabase estaba presente en mi ánimo. El miedo a que un buen día la vida de los tres tuviese que interrumpirse. Marie de pie en la cocina delante de mí como la mañana de su regreso, anunciándome que no podía más. Que aquellos dos o tres meses juntos le habían hecho mucho bien, la habían hecho feliz. Que había querido creerlo. Pero que seguía sintiéndolo dentro de ella, cavando un vacío que no desaparecía.

Diciendo: Lo sigo amando, Sacha.

Todavía lo quiero, no tiene solución, lo he intentado con todas mis fuerzas, pero no estoy aquí.

Algunas noches Jeanne venía a cenar. Acostábamos a Agustín después del postre, nos quedábamos los tres sentados en la mesa de la cocina en torno a la última copa o esperando a que hirviese el agua para la infusión de verbena. Jeanne hablaba sin rodeos, iba directa al grano, por una especie de inversión del pudor que generalmente le ordenaba evitar el tema. Y el otro imbécil, por cierto, ¿os ha dicho si tenía la intención de venir a recoger sus bártulos algún día?

Como si esperase con su familiaridad quitarle hierro a todo el asunto, matar un poco el miedo a hablar de ello.

¿Estamos en ese momento en que el señorito dice que se lo manden todo a un guardamuebles y adiós muy buenas o esperamos a que venga él mismo a hacerlo?

Marie sonreía, llamándola bruta. Le contestaba que nos importaban un bledo sus cosas, que no nos molestaban en absoluto. Sin embargo, después añadía que nunca se le habría ocurrido. Un guardamuebles, ¿por qué no? Hay uno al norte del pueblo, podría informarme.

Una tarde que estábamos sentados con otros amigos en el jardín, no fue Jeanne quien hizo la pregunta, sino David, un amigo de Marie, también traductor, que durante años la había conocido con el autoestopista.

¿Y tienes idea de dónde vive ahora?

Seis o siete palabras muy simples que habían bastado para abrir un abismo, por todo lo que hacían existir repentinamente como definitivo, tajante, irreversible: el autoestopista se había ido para siempre, se había instalado en otro lugar, una marcha asumida no solo por él, sino por Marie; todo lo que nosotros nos empeñábamos en eludir.

Miré a Marie; permanecimos todos expectantes. Ella esbozó una leve sonrisa, tomándose su tiempo.

Es una tontería, pero me lo imagino en la carretera. Haciendo lo que siempre ha hecho, yendo y viniendo de un extremo a otro del país. Pero tienes razón, tal vez carezca de imaginación.

Espié la emoción en la voz de Marie, me alegré de oír el tono firme y más seguro de lo que había temido.

Durante mucho tiempo pensé en él, preguntándome dónde estaba, cuándo volvería. Ahora pienso en ello cada vez menos. Casi me da pena, pero es la verdad: me es indiferente. Cada vez más.

Sonrió.

Bueno, no voy a mentir. Que tú te lo imagines en otro lado, de entrada me duele, soy muy consciente. Me siento un poco herida. Pero creo que es el final. Pronto ni siquiera me hará daño.

Lo había dicho sin mirarme, sin poner en la balanza su antigua vida y la nueva, queriendo dar a entender a todos que ese no era el problema, que no se trataba de compararnos al autoestopista y a mí.

David no había hecho más preguntas. En el silencio que se produjo a continuación, Marie se había quedado pensativa, como si necesitase reflexionar y sopesar cada una de las palabras que iba a decir.

Antes me inquietaba que volviese, continuó, volviéndose hacia mí. Me preguntaba qué pasaría. Esperaba y, al mismo tiempo, temía que sucediera. Ahora eso se acabó. Puede llamar a la puerta mañana y pedirme hospitalidad toda la semana si le apetece. Pedírnosla, a Sacha y a mí. Puede hacerlo; sabré cómo hacerle frente.

38

Y eso fue lo que ocurrió tres días después.

El timbre sonó inesperadamente, una mañana que yo remoloneaba antes de ponerme a trabajar.

Fui a abrir: él estaba allí, ante la puerta. Con su abrigo azul gastado.

Nos miramos el uno al otro. Me abrazó.

Vengo a buscarte.

¿De qué estás hablando?

De que te vengas, porque nos vamos. Tú y yo. Nos vamos los dos.

Lo dijo en un tono de evidencia, como si no dudase de que yo aceptaría.

Marie oyó que era él, o lo adivinó por el sonido de su voz, por la forma de su sombra en el pasillo, por su manera de pararse en el umbral. Se acercó a mi espalda.

Hola, Marie.

¿Qué haces aquí?, le preguntó afablemente.

Me señaló sonriente.

Te lo robo dos días. Tal vez tres. No más de tres, te lo juro.

¿Qué vais a hacer?

Quiero llevarlo a un sitio.

¿Un sitio cerca de aquí?

Hum. Ya veremos.

Marie me miró.

¿Tú estás de acuerdo, Sacha?

Me encogí de hombros, consciente de que no tenía la menor gana de seguirlo, de que a Marie tampoco le apetecía que fuese. Y de que, sin embargo, iba a hacerlo. Porque era necesario. Porque incluso Marie lo pensaba así. Cogí unas cuantas cosas, fui a buscar al armario un saco de dormir. Me puse el abrigo. Marie se quedó en la puerta para vernos marchar. Nos besó, casi divertida ahora.

Os quiero, mis hombretones. Largaos.

Antes de doblar la esquina de la calle, nos volvimos para despedirnos de ella por última vez.

No hagáis muchas tonterías, por favor, nos dijo sonriendo.

Luego cerró la puerta.

Caminamos hasta la glorieta en la salida del pueblo. Me sentí como un cretino, allí de pie, en aquella rotonda que conocía de memoria, con mi coche aparcado a cien metros apenas.

¿Adónde vamos?, le pregunté.

Tenía mis dudas, respondió él. Había mucho donde elegir. Saint-Laurent-des-Hommes. Haleine. La Rivière-de-Corps... Al final elegí Orion, un pueblecito de los Pirineos. ¿Te parece bien?

Dije que sí.

Entonces, nos vemos allí.

Buscó en su mochila, sacó un cartel con la dirección de Pau y me lo entregó.

¿Es una carrera?, le pregunté.

Se rio.

No. Solo que iremos más rápido si vamos cada uno por su lado.

¿Y si no voy?

Si no vas, yo tampoco, se rio. Nos quedamos aquí los dos. Venga, el primer coche para ti.

Me encogí de hombros y bajé de la glorieta para ponerme al borde de la carretera, en dirección a Narbona. Levanté el pulgar mostrando mi cartel. Los primeros vehículos pasaron sin disminuir la velocidad. Al cabo de diez minutos se detuvo un pequeño Renault. Reconocí al volante a la vieja dama con la que me había cruzado varias veces en la librería del pueblo.

No me lo imaginaba haciendo autoestop, dijo sonriente.

Me abrió la puerta.

Voy a Béziers, no le soluciona mucho.

Béziers es mejor que nada.

Le hice un gesto al autoestopista para desearle suerte. Me senté. La dama arrancó de nuevo, subiendo por el bulevar a lo largo de las murallas y girando a la derecha en el semáforo para tomar la autopista. Vi alejarse el pueblo. Pensé en todos los kilómetros que tenía por delante. En las muchas horas de viaje que me esperaban. Reconocí en todo mi cuerpo y mi mente una tensión que me era familiar, que no había sentido desde hacía mucho tiempo: la emoción de la partida. La alegría de encontrar de nuevo la carretera. Noté la voz un poco ronca, mi capacidad de confraternizar con el prójimo ligeramente embotada. Pero seguía allí, lista para renacer. Pidiéndolo a gritos.

¿Y cómo es que va a Pau?

Voy a Orion, dije. Un pueblecito del Béarn, a medio camino entre Pau y Bayona.

Vi cómo la vieja dama exclamaba asombrada:

¡Bayona! ¡Dios mío! ¡Bayona! ¿Y pretende llegar esta noche?

Esta noche sería demasiado, admití con tranquilidad. Pero mañana a más tardar. Mañana al mediodía si todo va bien.

Me miró para asegurarse de que no bromeaba.

¿Y la noche? ¿Dónde va a pasar la noche?

Me encogí de hombros, encantado de volver a jugar a los aventureros veinte años después.

La noche es dentro de ocho horas, y ya veremos. Quién sabe todo lo que puede pasar en ocho horas.

Ella se rio.

Es una locura. Se mire por donde se mire, es una locura.

39

El último conductor me dejó en medio de un cruce, cerca de un letrero que decía: Orion Barrio de Beuste. Recorrí con la mirada los alrededores, miré las construcciones del minúsculo caserío en el que acababa de aterrizar, encaramado en lo alto de una colina en la encrucijada de dos carreteras. Contemplé la llanura más abajo. Escuché el ruido del viento en la cortina de árboles plantados a un lado de la carretera. Busqué en vano el rastro del autoestopista.

Consulté la hora en el móvil: las dos de la tarde. Me quedé allí, viendo pasar un coche cada diez minutos, esperando a que el autoestopista se bajase de alguno. Todo estaba silencioso, en calma. Como deshabitado. Leí algunos carteles pegados en un transformador. Anuncios de mercadillos. De funciones circenses. De loterías. De conciertos en los pueblos aledaños. Caminé a lo largo de las casas para matar el tiempo. Ladraron dos pastores alemanes, que no me quitaron la vista de encima hasta que salí de su perímetro de guardia. Me incliné para mirar por las ventanas de una pequeña escuela con los marcos pintados de rojo. En el interior de la sala diseñada para celebrar también conciertos leí, escrito en grandes letras rojas en una pared de azulejos, ORION.

Y luego, entre dos árboles, vi una estilizada torre blanca en la colina de enfrente. Un tipo de construcción que nunca antes había visto. Un cilindro desnudo, extraordinariamente alto. Un cohete venido de otro mundo, como caído allí, en medio de los campos y tejados de teja de alfarería en el mismo estado desde hacía siglos. Pensé en el comienzo de *2001: Una odisea del espacio*. Pensé que tal vez era una obra de arte monumental, como las que a veces se construyen a lo largo de las autopistas, *Rosace du midi, Porte de l'Atlantique,* generalmente de acero u hormigón, casi siempre carentes de interés. O una iglesia de nuevo cuño, erigida por los adoradores de Orión, lo más cerca posible del cielo.

Encontré un camino que partía de ese lado. Leí en un panel: Centro de Orion. Caminé hacia la extraña construcción, que se fue acercando. Descubrí su textura, un material que parecía hormigón, con la pintura blanca dañada en varios sitios. Vi la escala que llevaba hasta la cumbre, las finas troneras a dos tercios de la altura, las únicas aberturas desde la base hasta la parte superior del fuselaje. Comprendí que era una torre de agua. Una simple torre de agua como muchas de las que se encuentran en todos los pueblos. Pero era la más insólita, la más fascinante torre de agua que imaginarse pueda.

Ya estábamos en mayo. Hacía buen tiempo. Los campos circundantes eran verdes de nuevo, de un verde intenso, joven, rotundo. Un verde ondulante, plástico, flexible, en todas partes igual. Un verde maravillosamente extendido.

Al pie de la torre de agua percibí un amasijo de objetos negros: neumáticos. No eran neumáticos de coches. Eran de camiones. Titánicos. Colosales. En medio del montón había dos todavía más grandes, neumáticos de grúas o de máquinas gigantes. Estaban dispuestos uno cerca del otro, frente a la carretera, acostados en la pendiente. Pensé: Son dos ojos. Los ojos del gigante Orión.

Al acercarme adiviné una silueta sentada allí: el autoestopista.

¿Has tenido buen viaje?, le pregunté.

Más o menos. He llegado hace una hora. El último tramo no era nada fácil.

No.

Señaló el paisaje sonriendo.

Pero aquí estamos. ¿No crees que esto lo compensa todo?

Sí, sonreí.

Esperé un rato. ¿Por eso me has hecho venir hasta aquí, para ver una torre de agua?

No, se rio. Ni siquiera sabía que había eso aquí.

Observamos la construcción ciega sin ventana ni abertura.

He encontrado la entrada, dijo. El candado de la puerta es fuerte. Intenté forzarlo y resistió bien. Luego probamos a ver.

Me senté a su lado. Nos quedamos allí admirando el paisaje, con el culo pegado a la tierra.

¿Has comido?

No, ¿y tú?

Sacó un frasco de crema de cacao. Rescaté un cuchillo de punta roma del fondo de mi mochila y me puse a untar tostadas con un centímetro de cacao encima. Una vez conocí a un suizo-alemán altísimo con el que hice autoestop durante un par de semanas. Cargaba con una mochila de cuarenta kilos en la que llevaba de todo: un destornillador, una minihamaca, una caña de pescar telescópica, latas de atún, de sardinas, raviolis, galletas saladas y dulces, botas, una canoa hinchable... En una ocasión en que conseguimos un poco de pan, resultó que no teníamos nada que meter dentro. Creo que tengo Nutella, dijo el suizo-alemán. Rebuscó en las zonas inferiores de su mochila, se tiró casi un minuto paseando su mano por allí y, finalmente, sacó un frasco de Nutella de un kilo, con tres cuartos de crema de cacao todavía. Ah, ya sabía yo que tenía que estar en algún sitio, dijo tan tranquilo, como si habitualmente descubriese tesoros olvidados en aquel saco sin fondo.

¿Cuántos coches?, me preguntó el autoestopista.

Cinco.

¡Cinco!, exclamó. ¡Solo cinco coches para llegar aquí, al quinto pino!

Hizo recuento.

Yo nueve: una familia holandesa en un coche de alquiler; el representante de una editorial; un almacenista de un híper; el gerente de una camioneta de comida; un joven que volvía de visitar a su abuela; más dos jubilados y un fotógrafo que suman ocho. El último ya me acordaré.

Le dije los míos; la dama de la glorieta; un profesor de yoga de regreso de un cursillo en Toulouse; el jefe de una empresa de mudanzas; dos diseñadores gráficos reconvertidos en apicultores y un pastor.

¡Solo cinco! Impresionante. Y yo que estaba orgulloso de tener solo nueve.

Hombre, subiéndote a cada coche que te para, es lógico, me reí.

El cómputo decía mucho de ambos. El previsor, reflexivo, prudente, preocupado por la eficiencia. Y el temerario, dispuesto a aprovechar cualquier oportunidad que se presentase, incluso a subirse a bordo de un tractor y, que sea lo que Dios quiera, qué se le va a hacer si durante ese tiempo se le escapan los coches que podrían haberlo llevado más lejos.

No me gusta esperar, ya lo sabes.

¿Y ahora?, dije.

¿Ahora qué?

Ahora que ya estamos los dos aquí.

Inspiró una bocanada de aire fresco.

No sé. No tengo la menor idea. Descansar, por ejemplo.

No me habrás traído para dormir, digo yo.

¿No estabas muerto?

Sí, me reí.

Entonces duerme.

Refunfuñé. Lo maldije. Sus dichosos planes, a los que parecía imposible que me hubiese dejado arrastrar tantos años después. Pero ¿qué opción tenía? Posé la cabeza en la hierba. Primero, sobre una mata de tréboles muy mullida, en el frescor de la tierra. Luego, en mi saco de dormir, que deslicé bajo la cabeza a modo de almohada. Me relajé. Me sentí bien. Pensé que no había hecho aquello desde hacía mucho tiempo: dormir completamente vestido en el suelo. Miré las nubes en el cielo. Pensé que jamás lograría dormirme. Que tenía un cielo demasiado blanco sobre mí. Demasiados pájaros gorjeando alrededor. Y luego me dormí. Me dormí como se duermen todos los benditos del mundo, los que caen redondos, los laboriosos, muertos de cansancio. Ronqué.

Me desperté al cabo de un par de horas.

El autoestopista estaba de pie, ante su tienda montada. Lo había instalado todo a su gusto. La entrada cuidadosamente dispuesta frente al panorama.

¿Quieres que monte la tuya?

Lo haré luego.

Me señaló un termo colocado contra su mochila.

Café.

No hablas en serio.

Lo vertió en el capuchón. No puede decirse que estuviese hirviendo, hacía mucho tiempo que cargaba con él. Pero, aun así. Estaba tibio. Estaba bueno.

Antes, en las autopistas, me bebía diez diarios, dijo el autoestopista. Pero en las carreteras secundarias puedes quedarte un día entero sin un triste café. Así que, cuando paso por un bar, además del que me tomo, les pido que me llenen el termo. Les hace gracia y casi siempre me lo llenan gratis.

Las nubes volaban por encima de nuestras cabezas. Yo seguía acostado. Ahora, las matas de hierba en torno a mí me eran familiares. ¿A cuándo se remontaba mi última siesta en la hierba?

Vamos a dar una vuelta, sugirió el autoestopista.

Me obligué a levantar mis huesos del suelo y me puse de pie.

Subimos por la calle principal, a lo largo de las casas. En una ventana vimos una silueta mirándonos detrás del visillo. En otra, un rostro dirigirnos un hola a guisa de bienvenida. Cerca del pequeño edificio del ayuntamiento encontramos una vieja cabina telefónica con paredes de vidrio esmerilado, con el auricular colgando todavía del cordón de metal. Una vez llegados a la salida del pueblo, volvimos sobre nuestros pasos. El cielo estaba oscuro, hermoso.

¿Crees que lloverá?

Espero que no.

Nos detuvimos ante una estela de mármol erigida en un pequeño monumento.

De 1940 a 1944, respondiendo a la llamada del general De Gaulle, Orion, red de la Francia combatiente, luchó en la Resistencia por el honor y la libertad de la patria.

Vi cómo el autoestopista se detenía largo rato, conmovido ante este texto: una red de hombres y mujeres unidos en secreto por la libertad. Una red con nombre de constelación.

Regresamos al pie de la torre, la sobrepasamos, bajamos al fondo del valle cercano. Bajo los árboles, vimos un hilillo de agua plateada. Debían de ser las cinco de la tarde. Empezaba a refrescar. Vi al autoestopista quitarse la camiseta y desabotonarse los vaqueros.

¿Qué coño haces?

Voy a lavarme.

Está helada.

Se metió en el agua y apretó los dientes. Vi cómo el líquido le mordía los tobillos, cómo se arqueaba su silueta bajo el efecto cortante de las piedras. Se inclinó y comenzó a recoger agua en la palma de la mano para verterla en la nuca. Se deslizó dentro resoplando con fuerza para luchar contra el frío. Pensé en algunas imágenes que siempre he encontrado antiestéticas: los *hippies* con el culo al aire en el río. El blanco paliducho, poco agraciado, incongruente, de todos esos cuerpos en el agua.

Lo imité. Me desnudé, entré en el agua. Al inclinarme vi los insectos, los ditíscidos, las chinches de agua. Incluso los pelos de mis piernas me parecieron raros. Cada pelo como un extraño puerro surgido de una protuberancia de la piel similar a un pequeño bulbo, en la frialdad de la luz blanca. Pensándolo bien, mi piel no es tan distinta de la de una gallina, me dije.

Me pareció que había partido desde hacía mucho tiempo.

Ayer, dijo una voz en mi interior, para corregir mi impresión.

Ayer todavía estabas con Marie y Agustín.

Miré los árboles sobre el arroyo. Mis pantalones en las piedras a la orilla del río. Las rocas a flor de agua. La corriente. La reverberación de la corriente al sol. El empuje del agua contra mis piernas y todo mi cuerpo.

Ayer, pensé de nuevo. Hace veinticuatro horas estabas en casa.

40

Salimos del río, nos cambiamos. Tendimos nuestros calzoncillos en las ramas de un árbol. Yo monté mi tienda de campaña. El autoestopista se peinó con un pedacito de espejo.

Y luego vimos aproximarse una silueta. Una mujer de nuestra edad, con una bolsa de tela, caminando hacia el colector de vidrio cercano. Oímos el estallido de las botellas arrojadas una tras otra en el bidón. Luego vino hacia nosotros.

¿Podemos acampar aquí?, ¿no molestaremos a nadie?, pregunté.

Ella sacudió la cabeza, sonriendo.

Están en la finca del señor Coustard, que ya habría venido a abroncarlos de haberlos visto. Pero tienen suerte, no volverá en toda la semana. Está en su granja de Sauveterre. En estos pastos solo deja las vacas en verano. De todos modos, me imagino que no habrán planeado quedarse aquí hasta junio.

No, el autoestopista se echó a reír.

Los he visto llegar a los dos. Yo vivo allí.

Señaló una casa cercana, cuyas ventanas daban a nuestro lado.

Dos desconocidos que aterrizan sin previo aviso, que se tumban en la hierba, que se ponen a montar su tienda al pie de la torre de agua. Como para no darse cuenta.

No hemos tratado de escondernos, dijo el autoestopista.

Ya.

De todos modos, solo nos quedamos esta noche. Mañana por la mañana se librará de nosotros.

Bueno, dijo la mujer antes de irse. Si necesitan cualquier cosa, no lo duden. Estoy muy cerca. Si les apetece un café o algo caliente.

No lo dudaremos, dije dándole las gracias.

Vimos desaparecer su silueta en la casa, cerrarse la puerta, una cabeza menuda asomando por la escalera. Monté mi tienda de campaña. La luz era ahora más baja, notamos que llegaba la noche.

Va a helar. Hay que andarse con ojo, tan pronto como anochezca estaremos congelados.

¿Te queda algo de comer?, preguntó. Hemos acabado la crema de cacao.

Tengo paté, respondí. Un poco de paté y algo de pan. Eso y algo más que habrá por ahí.

Saqué todo lo que tenía. El paté. Tres manzanas. Una porción de queso de Saboya. Un mendrugo de pan.

¡Santo cielo! ¡Esto es un festín!

Caminamos hasta la pila de neumáticos, nos sentamos sobre el caucho mullido, recalentado por el sol. El autoestopista abrió el tarro de paté medio empezado.

Di por sentado que estaríamos en un pueblo donde habría un bar, una pizzería, algo. Ni se me ocurrió comprobarlo.

Estamos en Orion, dije feliz. Orion, la ciudad de los gigantes.

El sabor del paté era fuerte, potenciado por un día de permanencia en el frasco abierto y luego vuelto a cerrar. Tenía gelatina en los bordes. Rebañé el frasco con un trocito de pan. Tragué todo lo que pude. Tenía hambre. Un hambre insaciable, monstruosa. Medio paté para dos, con aquel frío, ni siquiera podía considerarse un aperitivo. El pan era gomoso. Pan de supermercado. Bajo los dientes se aplastaba como cartón. Una mezcla de aire y ojos demasiado finos, demasiado reducidos a un sustrato que enseguida se hacía una bola en la boca, pegándose a los dientes. Al final, el sabor llegaba. No muy pronto. A pesar de todo, sentaba bien.

La puerta de la casa de enfrente volvió a abrirse. La joven reapareció y caminó hacia nosotros.

He calentado un poco de estofado, si les apetece.

Estofado, dijo el autoestopista. Imposible negarse.

¿Quieren que se lo traiga aquí?, preguntó la mujer. ¿O prefieren venir a comerlo en casa?

Miré al autoestopista.

En casa con calorcito, sin duda.

Entonces vénganse a casa.

¿Está segura? No queremos molestar.

Si no, no se lo propondría.

Caminamos los tres hasta la puerta de la casita. Por las ventanas vimos la tartera al fuego.

Pónganse cómodos, nos dijo.

Nos descalzamos. Sentí el parqué bajo mis pies, oí el ligero crujido de la madera. Un parqué claro, barato, de pino muy corriente. Entramos en calor de golpe. No el calor aislado de una hoguera o un brasero, sino el calor pleno, envolvente, que te daba la impresión de penetrar en otro mundo, acogedor, protector. Un mundo donde era inconcebible que te dejasen entrar si era para volver luego al otro, al inhóspito, al frío.

De la sala de estar llegaba el ruido de dibujos animados. La niña vista a través de la ventana apareció en el pasillo. Corrió hasta las piernas del autoestopista y levantó la cabecita hacia nosotros.

¿Quién es, mamá?

Tenemos invitados. Vienen a cenar. Pregúntales cómo se llaman.

El autoestopista dijo su nombre. Yo dije el mío: Sacha.

¿Y tú cómo te llamas?, preguntó el autoestopista.

Lila, dijo la niña.

Eso huele muy bien, dijo muy alto el autoestopista. ¡*Mamma mia*, qué bien huele!

Se dirigió a la cocina.

Yo me llamo Souad, dijo nuestra anfitriona. Bienvenidos a nuestra casa.

Miramos la salita, la cocina americana, la mesa adosada a la encimera.

¿Vive aquí desde hace tiempo?, preguntó el autoestopista.

En Orion desde hace veinticinco años, respondió Souad. En esta casa, desde hace cuatro.

Apagó el fuego bajo el estofado y alzó la tartera.

Venga, todos a la mesa.

Levantó la voz para llamar a Lila, desaparecida en su habitación.

¡Lila, a la mesa, cielo!

Con un gesto de la barbilla nos mostró el fregadero.

Hay jabón si quieren lavarse las manos.

Lo dijo como quien no quiere la cosa, pero con una voz firme, segura de sí misma, acostumbrada a no pedir las cosas dos veces. El autoestopista y yo caminamos hacia el fregadero, nos lavamos las manos sucias como niños pillados en falta, un poco avergonzados. La niña salió de su cuarto y se unió a nosotros en la mesa.

Se está muy bien aquí, dije. Gracias.

Los cubiertos brillaban sobre los manteles individuales. Cogí el tenedor y lo sopesé, apreciando su peso. El peso de cubiertos de verdad, de una mesa puesta.

Denme los platos, dijo Souad.

Me llevé una cucharada de estofado a la boca. La carne se deshacía en la boca, la salsa estaba hirviendo. Sentí el jugo llenándome la boca, envolviendo las papilas gustativas. Antes de tomar la segunda cucharada, esperé a apurar bien la primera, a que acabase de difundirse por el paladar. Que me llenase toda la boca.

¿Le he puesto suficiente naranja?, preguntó Souad.

El autoestopista no respondió. Había engullido ya dos tercios de su plato.

Souad y Lila se rieron.

Bueno, me gusta eso. Los veía a los dos ahí fuera con su pan duro, me daban mucha pena.

Nosotros también nos dábamos pena.

¿No teníais nada para comer?, preguntó Lila.

Teníamos paté, le dije para tranquilizarla. El paté también es bueno.

Es bueno, pero, demonios, es frío, se rio el autoestopista. El paté en el mes de mayo, cuando cae la noche, es tan horrible como frío.

A través de la ventana miré la noche oscura fuera. El cielo negro. La hierba negra. Pensé que las tiendas seguían estando allí, en el frío; que habría que volver allí, abrir el nailon perlado de gotas de agua, hundirse en el habitáculo helado.

¡El saco de dormir!, pensé de repente. ¿Puse el saco de dormir sobre la mochila para evitar que quedase en contacto con el suelo? ¿Lo voy a encontrar empapado contra el nailon mojado?

¿Han venido a Orion por la red de la Resistencia?, preguntó Souad.

No sabíamos nada de la red, dijo el autoestopista. La descubrimos al leer la placa.

Mejor aún, eso significa que sirve de algo. ¡Lo que luchamos para que la erigiesen! Era una red importante, que desempeñó un papel real. Fundada por Henri d'Astier de La Vigerie. Quizá les suene. Un monárquico al principio, un tipo casi de extrema derecha convertido en héroe de la Liberación, famoso por haber tomado Argel prácticamente solo y haber permitido a los aliados utilizar el puerto.

¿Es historiadora?

No, soy teniente de alcalde. Desde hace quince años. Trabajo en la fábrica de vidrio de Beausoleil.

Entonces es vidriera. ¿Se dice así?

Souad sonrió.

Exactamente, solo que yo no soy ni vidriera ni sopladora de vidrio, lamento decepcionarlo. Soy directora de ventas.

Cuida de que el cristal de Beausoleil brille en toda la región.

En toda la región y en el extranjero. Afortunadamente existe el extranjero o nos sería muy difícil seguir.

Hemos venido por el nombre, dijo el autoestopista: *Orion*.

¿Son aficionados a las estrellas?

Somos aficionados a los pueblos de nombres bonitos. Cuando vimos Orion en el mapa nos dijimos: Este es un pueblo al que hay que ir.

Han acertado, es bonito de verdad. Aquí, como estamos acostumbrados, ya no nos damos cuenta.

Se quedó un rato en silencio.

Y Orion, ¿qué les evoca?

El gigante, dijo el autoestopista. Orión, el cazador al que atraviesan los ojos.

Lo había olvidado, dijo Souad. No recordaba que existía ese gigante.

Yo tampoco conozco bien su historia. Pero Sacha la sabe seguro, dijo el autoestopista, volviéndose hacia mí como hacia una enciclopedia. Sacha lo sabe todo.

Sonrió con un gesto que no me gustaba. Tardé en dar mi respuesta. Que Souad viese bien que yo no estaba a sus órdenes. Especialmente ahora que acababa de saborear un bocado de su estofado.

Al principio, Orión es un buen cazador, dije al cabo de unos segundos. Quiere casarse con la hija de un rey, pero el rey no está de acuerdo. En lugar de decirle que no, lo reta: Orión no será digno de su hija hasta que logre matar todas las fieras que atacan al ganado de la isla. Al rey le salió el tiro por la culata: Orión supera la prueba. Entonces el rey quebranta su promesa. Ordena a sus hombres que lo capturen y le perforen los ojos. Orión despierta abandonado a la orilla del mar. Muy cerca de él oye el rumor de las olas. Se gira a uno y otro lado, pero no ve el mar por ninguna parte. Comprende que se ha quedado ciego. Solo vislumbra un poco de luz a lo lejos, sobre el mar: el Sol. Entonces se pone a caminar en esa dirección, andando siempre en línea recta, hacia la luz. Entra en el agua, se introduce en el mar, camina durante mucho tiempo entre las olas, a paso de gigante. No sé lo que pasa después, pero creo que enoja a un dios. O a una diosa, que lo castiga enviando un escorpión para que lo pique.

¿Y el escorpión lo mata?, preguntó Lila. ¿Se muere?, ¿de verdad?

Los escorpiones son cosa seria, dije mirándola. Por supuesto que se muere. Pero incluso a la diosa le da pena. Entonces, para evitar que sea olvidado, lo transforma en constelación.

Eso quiere decir que se va al cielo.

Eso quiere decir que se convierte en un conjunto de estrellas allá arriba en la noche, la constelación que hoy lleva su nombre.

Lila me miró para cerciorarse de que no bromeaba.

Pero ¿es una historia verdadera?

Por supuesto que es verdadera, dijo su madre riéndose.

¿Y sabes cómo encontrarlo en el cielo?

Sé qué pinta tiene. Los brazos a un lado, las piernas a otro, y en el medio tres estrellas como un cinturón. Pero de ahí a verlo...

Lila se levantó de la mesa.

Venga, vamos a buscarlo.

Salió disparada hacia la puerta, la seguimos fuera. Allí nos quedamos los cuatro en la noche, mirando el cielo cubierto, oscuro, sorprendentemente carbonoso, perforado en algunos lugares por débiles destellos de estrellas.

Menos mal que hace mal tiempo, dije riéndome. Tenemos una buena excusa.

Encontramos la estrella polar, la Osa Mayor, la Osa Menor y las Pléyades, como un cúmulo luminoso en el profundo cielo. Luego Lila dijo que tenía frío. El autoestopista y ella entraron en casa. Me quedé treinta segundos más con Souad, de pie uno junto a otro en la noche. Señaló nuestras tiendas en el fondo del campo.

¡Pensar que hay locos que duermen allí!

La sentí muy cercana a mí.

¿Y esta torre de agua qué es?, dije señalando el depósito perceptible incluso en la noche. Parece un observatorio. O un tótem. ¿Por qué no la hicieron como todas las torres de agua, con un pie estrecho y una cisterna encima?

La hicieron como les dio la gana.

¿Y nadie ha pensado en sacarla en una película?

¿Por qué cuando algo es hermoso hay que ponerlo en una película?

Tiene razón, es una tontería.

Seguimos mirando unos segundos más el cielo.

Volvimos adentro.

Mamá, ¿puedo ver el final de los dibujos animados?, preguntó Lila.

No, tienes que acostarte, pulguita.

Vale.

¡A lavarse rápidamente los dientes, que mañana hay clase!

La niña caminó hacia el cuarto de baño, seguida por su madre.

Las oímos hablar delante del lavabo.

¿Dónde van a dormir los invitados? ¿Es verdad que van a dormir fuera? Mamá, te estoy hablando, ¿es verdad que van a dormir fuera?

Están acostumbrados, mi cielo.

¿No van a pasar frío?

No, tienen tiendas, están acostumbrados.

¿Y por qué no duermen en el cuarto de invitados? ¿No es un cuarto para que duerman los invitados?

Ya está bien de preguntas, Lila, cepíllate los dientes, se rio Souad.

Se oyó correr el agua del grifo, Lila escupió en el lavabo, se enjuagó la boca una vez y luego otra. Salieron del baño, caminaron hasta la habitación del fondo del pasillo. Souad desapareció unos minutos detrás de la puerta con su hija. Reapareció, apagando la luz tras ella.

Vio los platos rebañados, los vasos vacíos.

¿Qué les apetece? ¿Una infusión? ¿Una copita de ron?

Una infusión, dijo el autoestopista. Una verbena y nos vamos.

Souad puso a hervir el agua. Se quedó unos segundos en silencio, como si dudara.

Siento no poder invitarlos a dormir aquí.

La tetera pitó, la mujer la levantó de su base, vertió el agua hirviendo sobre las bolsitas, en pocillos japoneses.

Este pueblo es pequeño. Normalmente paso mucho de lo que piensa la gente, pero, aun así, si me ven hospedar a dos desconocidos que están de paso, van a rajar hasta hartarse.

El autoestopista y yo sonreímos.

Ya van a rajar lo suyo de esta cena improvisada, ¿verdad?

Souad señaló las ventanas.

Sí, pero aquí todo el mundo nos ve. Todo el mundo sabe que hemos bebido una infusión.

¿Puedo pedirle un favor?, dijo el autoestopista. Al oír el agua del cuarto de baño hace un momento, me dio mucha envidia.

¿Quiere darse una ducha?

Solo afeitarme. Afeitarme con agua caliente. Hace mucho tiempo que no lo hago. Voy a buscar mi maquinilla, vuelvo en un minuto.

Salió, dejándonos solos a Souad y a mí.

Es estupendo estar aquí, le dije a Souad. Gracias por esta velada.

No sé por qué me dio por proponerles que viniesen. No suelo hacerlo.

Yo tampoco, dije.

¿El qué?

Dormir en la tienda. Comer un estofado imprevisto. Él, sí, dije señalando en la dirección de las tiendas y el autoestopista. Él siempre está en las carreteras. Yo lo hacía hace años.

El autoestopista regresó con su neceser y una toalla en la mano. Lo oímos afeitarse en el cuarto de baño. El silbido de la espuma de afeitar. El raspar de la cuchilla en la piel. El golpeteo de la maquinilla de afeitar contra la loza de la pileta en cada enjuague con agua caliente. Vimos salir del cuarto de baño fumaradas de vapor de agua. Salió transformado: el rostro más joven, las mejillas desnudas, suaves, bellas, oliendo bien. Los labios más visibles de golpe, con un no sé qué desmañado que lo volvía guapo.

¿Estás seguro de que no quieres aprovechar tú también?

Miré a Souad vacilante.

Lo que me encantaría es darme una ducha. Una ducha rápida y la dejamos tranquila.

Souad se echó a reír.

Venga, corre, que te esperamos, dijo el autoestopista.

Tomé mi ducha. Dejé que el agua caliente me resbalase encima durante mucho tiempo, goteando desde la parte superior de la cabeza hasta la planta de los pies, acariciando cada centímetro cuadrado de mi cuerpo, envolviéndome, reconfortándome. Por fin, una mano llamó a la puerta.

Sacha, dijo la voz de Souad.

Salí de la ducha para entreabrir la puerta. El brazo de Souad se introdujo para pasarme una toalla. Le di las gracias y me vestí rápidamente.

Cuando salí, el autoestopista ya estaba delante de la puerta con el abrigo puesto.

¿Estarán bien?, nos preguntó Souad. ¿No tendrán demasiado frío?

Orion en mayo... En peores nos hemos visto, dijo el autoestopista.

Entonces, buenas noches.

Nos dio un beso a cada uno y nos fuimos.

Al despedirnos vi que la mujer se quedaba mirándome.

Era guapa, dije.

Era genial, dijo el autoestopista. Y tú le gustabas mucho.

¡Qué bueno el estofado!

También es bueno estar fuera, después de tanto calor.

El autoestopista decía la verdad.

Ahora el frío mordía un poco menos. El cielo estaba despejado. Nos sentíamos dulcemente embriagados.

Y aquí tenemos las estrellas.

Las había a montones sobre nuestras cabezas. Millones. Frente a nosotros se alzaba la torre de agua, inmensa, negra, con la pila de neumáticos a su pie. Y nuestras tiendas de campaña instaladas muy cerca.

¡Mierda!, de todas formas, hace un frío que pela, dijo el autoestopista. Rápido, metámonos en la tienda.

Me sumergí en mi iglú de nailon, encontré mi saco de dormir helado pero seco. Me deslicé dentro totalmente vestido, temblando, congelado.

Sacha, dijo el autoestopista, ¿no estamos bien aquí?

No, me muero de frío, dije riendo.

Repitió: ¿No estamos bien? ¡Mierda!, ¿no estamos bien?

Estamos bien, concedí.

Luego debió de quedarse dormido, o yo. No sabría decir cuál de los dos primero.

41

Al despertar quise consultar la hora. Vi que el móvil estaba descargado. Ya era de día. Al estirarme noté que el extremo del saco de dormir, apoyado contra la pared de la tienda durante la noche, se había humedecido. Subí los pies y me quedé acurrucado mirando los objetos bañados de azul nailon alrededor. Mis zapatos. Mis calcetines. Mi abrigo. Mi mochila. Un libro. Todo ello surgido de la oscuridad durante mi sueño.

Presté atención en busca de ruidos procedentes de la tienda del autoestopista. Me moví un poco en el saco, abrí la cremallera. Me pregunté si el sonido provocaría alguna reacción en él, animándolo a decir una palabra, a emitir alguna señal de que estaba despierto.

Esperé otros diez minutos. No tenía ni idea de la hora. Me apetecía ver lo que pasaba en casa de Souad. Abrí la mosquitera. Corrí la cremallera de la entrada a la tienda perlada de agua. Asomé la cabeza al frío. No vi la tienda del autoestopista. Me di cuenta de que no estaba buscando en la dirección correcta. Estiré el cuello para mirar hacia el otro lado. Vi la hierba aplastada en el sitio en donde la había plantado.

Sentí acelerarse los latidos del corazón. Me puse de pie. Me calcé. Miré a mi alrededor, escruté las calles, los árboles y las casas mudas. La torre de agua, muda también sobre mi cabeza, ahora gris pálida, fantásticamente alta a la luz de la mañana.

Fui hasta la casa de Souad. Comprobé que el coche ya no estaba allí, que Souad y Lila ya se habían ido. Caminé entre las fachadas silenciosas, subí por la calle principal y, al llegar al final, di media vuelta. A lo lejos vi mi tienda de campaña plantada al pie de la torre de agua. La tienda de un tipo un poco raro, un poco loco, que había venido a dormir al pie de una torre de agua, al lado de un montón de neumáticos.

Esperé un poco para ver si aparecía el autoestopista. Caminé hacia el iglú de nailon azul. Contemplé la suave ondulación de las colinas. El verde tierno de los campos. Los brotes en las ramas de los árboles. Escuché el ronroneo de un tractor en la lejanía.

Pensé en la noche anterior. En el baño en el río. En la sonrisa que tenía el autoestopista al irme a buscar dos días antes. Pensé en todos los momentos que habíamos pasado juntos los últimos meses. En el placer inesperado que había tenido al volver a verlo. Pensé en mis palabras de antaño: Quiero que salgas de mi vida. En la rivalidad entre nosotros que se había desinflado de golpe, desprovista de sentido, desterrada a una época demasiado lejana para que nos pareciese útil evocarla. Quería que él estuviese aquí de nuevo. Grité su nombre. Esperé. Desmonté la tienda. Rehíce la mochila. Llené la cantimplora en el chorrito de agua de una fuente y me fui.

42

Volví con Marie. Le conté lo de la tienda desaparecida al despertar.

Hizo un alto en el trabajo, contempló el jardín a través de la ventana durante mucho tiempo sin decir nada.

Luego cerró el ordenador y se reunió conmigo abajo.

Cógeme en tus brazos. Abrázame fuerte, Sacha.

Ven, dije, y caminé hasta la sala. Me tendí en el pequeño lecho cubierto de cojines, entre los libros y los discos. Me arrimé a la pared para hacerle sitio. Ella se pegó a mí, estirándose todo lo que pudo. Nos reímos por estar a punto de caer. Apretados como dos adolescentes en la cama de un niño.

Estamos bien, dijo.

Sí.

Noté su vacilación.

¿Te habló?, preguntó al cabo de un momento. ¿Dijo algo antes de irse?

Dijo lo mismo que tú hace un momento. Exactamente lo mismo: Estamos bien. Acabábamos de meternos en nuestras tiendas, estábamos contentos, habíamos pasado una velada estupenda.

Y se fue durante la noche.

Asentí. Ella me abrazó.

¿Te vendrás a vivir con nosotros?, preguntó.

¿Acaso no vivo con vosotros desde hace meses?

Sacudió la cabeza, sonrió, los ojos enrojecidos.

No, te vendrás a vivir con nosotros, pero de verdad.

Lo dijo en un tono que no admitía réplica. Un tono imperioso, definitivo, hecho para divertirme, que me conmovió.

Dije que sí.

Tomándome mi tiempo, como si quisiera esperar primero, asegurarme de que ella no iba a dar marcha atrás, de que la euforia en mí no iba a apagarse en un soplo.

De acuerdo, vendré.

43

Regresé a mi apartamento. Llevé a casa de Marie y Agustín las cuatro cosas que tenía.

Cuando llegué, las puse en el taller del autoestopista. Descolgué los carteles y las fotos pegadas en las paredes. Instalé estanterías en su lugar. Libros. No muchos, solo los de cabecera, los que me gusta tener a mi alrededor.

Resucité la veintena de cuadros abandonados desde hacía meses. Me parecieron menos fallidos que en mi recuerdo. Cogí el móvil, marqué el número de un amigo galerista y concerté una cita con él. Metí un pincel en mi último bote de pintura amarillo azafrán. En una tarjeta de invitación DIN A5 pinté el título de la futura exposición, *La melancolía de los paquebotes*. Me gustaron las cinco palabras escritas en la cartulina.

Marie entregó su traducción de Marco Lodoli. Yo descubrí el final de *Vapore*. La disputa de padre e hijo, el fin del juego, la aniquilación del sueño de que la vida pueda no ser siempre más que ligereza, gracia, rechazo de lo serio, ira, odio.

Quise a Marie mucho más por haberme hecho leer este libro.

En las siguientes vacaciones dejamos a Agustín unos días con la madre de Marie. Fuimos a visitar a Lodoli en Roma. Almorzamos con él en una pequeña marisquería de la calle

Maquiavelo mientras fuera caía una tromba de lluvia helada. Cuando escampó, salí a dar un paseo para dejarlos trabajar. Caminé por las calles mojadas, entré en un gran parque de veredas deterioradas, bancos ocupados por siluetas en chándal, fatigadas, rostros oscuros encapuchados, tratando de dormir un poco. Me senté en la terraza de un quiosco desde donde se veían los arcos del Coliseo. Me quedé mirando una gaviota que jugaba con un enorme hueso, que apenas podía levantar, en la hierba todavía húmeda. Al cabo de un rato, se unió a ella un cuervo. Los dos continuaron picoteando el hueso, la gaviota más pesada, el cuervo más ágil, más vivo. El sol reapareció sobre los pinos y cipreses. Un senegalés altísimo me sirvió un segundo *ristretto* canturreando, sus largos brazos balanceando el pocillo en una bandeja, como si marcase el compás. El sol empezó a calentar. La terraza se llenó de otros desocupados que acudían a tomar el sol: un padre de familia con un paquete de patatas fritas; un tipo calvo, de chándal azul turquesa, con los ojos perdidos en el cielo y los dedos ocupados en retorcer las mallas trenzadas de su silla.

A la vuelta, tuvimos que cambiar de tren en Marsella.

¿Y si nos quedamos en un hotel y dormimos aquí una o dos noches?

Hacía buen tiempo, estábamos en junio, el agua de las calas estaba fría por la mañana, pero el cuerpo se acostumbraba enseguida, desde abajo las fachadas de las villas de la Corniche reverberaban suavemente con la luz; la ciudad era blanca, las rocas, brillantes.

Pasamos allí dos noches, como enamorados, de incógnito. El primer día por la mañana nos bañamos en Malmousque. El segundo en L'Estaque. Esa mañana nadé junto a Marie durante un cuarto de hora y luego empecé a sentir frío, le dije que me volvía. Me mandó un beso y siguió nadando. La vi irse mar adentro, nadar decidida a lo lejos, casi desaparecer, no ser más que la cabecita de un alfiler perdida en medio del inmenso mar. Trepé por las rocas para ganar altura. La encontré de nuevo nadando en el azul. Desde las rocas la vi regresar lentamente, buscarme en la playa, inquietarse al no encontrarme, verme al fin encaramado en lo alto, nadar luego a crol hasta la orilla en un *sprint* final, como si no hubiese estado nadando durante una hora en el agua a 15 grados.

Esa mañana, cerca del puerto viejo, nos encontramos con Jeanne. Jeanne acompañada de Fabrice, un ornitólogo del parque de la Camarga con quien Marie me dijo que había tenido una historia.

¡Estáis aquí!, dijo Jeanne.

Marie se rio.

Vosotros también estáis aquí.

Fuimos a tomar una copa los cuatro.

¿Y Agustín?, preguntó Jeanne.

En casa de mi madre, dijo Marie. Lo recogemos esta noche. Tenemos que llevarle algo.

¿Ya sabéis qué?

Marie negó con la cabeza.

Prismáticos, dijo Fabrice.

Prismáticos, nada menos. ¿Y por qué unos prismáticos?

Son para siempre.

Unos prismáticos es mucho más de lo que había pensado.

Los prismáticos son para toda la vida. Y además son bonitos. Acabo de ver unos en una tienda.

¿Qué os parece?

Jeanne y yo nos encogimos de hombros y dijimos que sí, que los prismáticos eran un buen regalo.

Marie y Fabrice se levantaron para ir a comprarlos.

Yo me quedé con Jeanne. Ella dudó. Había mucho ruido a nuestro alrededor, vasos tintineando, cubiertos entrechocando en las mesas.

Da gusto ver a Marie tan feliz.

Lo había dicho bajito, con tono tranquilo, pero perfectamente audible. Sentí lo mucho que me reconfortaban sus palabras. La sonrisa espontánea que esbocé inconscientemente.

¿Crees que es feliz?

Lo dije únicamente para oírselo repetir.

Claro que es feliz, lo sé, la conozco.

Jeanne debió de ver mi sonrisa. Traté de esconderla un poco, de recomponerme como pude.

Y yo, qué, ¿te la suda verme feliz?

Completamente, se rio.

Cogió su vaso y bebió un sorbo.

Para ti era fácil, la quieres desde el principio.

44

Volví a viajar con Marie y Agustín, casi siempre en coche, casi siempre sin rumbo fijo, lo mismo al oeste que al sur o al norte. Recuperé el gusto de la carretera. Cuando pasamos cerca de un pueblo cuyo nombre nos sorprende, nos desviamos. Fotografiamos la iglesia, la señal de entrada en el pueblo, o uno o dos letreros que nos divierten.

El verano siguiente a la desaparición del autoestopista, cogimos el coche y nos fuimos los tres a las Landas. Subimos a la cima de la duna de Pilat, bajamos la pendiente corriendo tras Agustín, jugamos muchas horas los tres en la arena dorada, alternando los chapuzones en el mar y las carreras por la arena caliente de la playa.

Hacemos buenas migas los tres, los días son felices, a veces hay roces, fatiga, pero nos llevamos bien.

Algunos días me pregunto si no habré soñado el viaje a Orion. Si aquella noche al pie de la torre de agua había realmente una segunda tienda al lado de la mía.

A veces me da la impresión de que él está en la calle, de que es él quien está detrás del parabrisas de un auto que cruzó demasiado rápido sin que me diese tiempo a verlo bien. O tengo la certeza de que va a aparecer en la acera de enfrente, o en la esquina de la calle donde estoy a punto de girar. Todo me da vueltas: me parece que él está ahí, que nunca se ha ido, que se ha quedado aquí todo este tiempo, muy cerca, desde siempre. Algunas mañanas en que suena el timbre me sobresalto. La sangre late en mis sienes. Acudo a abrir preparándome para encontrarlo ante mí. Pero no. Es un amigo. O es la cartera, que pasa más tarde que de costumbre. Una vez sonó a medianoche. Tuve la certeza de que era él, una certeza con la cual sentí que en mi fuero interno yo consentía, resignándome, dándole mi aprobación. Como si desde siempre supiese que volvería, como si una voz interior, a pesar de la dicha de mi nueva vida con Marie y Agustín, me hubiese estado preparando para ello desde el principio.

Abrí con semblante acogedor, el gesto que había planeado ofrecerle desde el principio para cuando reapareciese. Era el vecino, obligado a ausentarse esa noche por una emergencia, que nos preguntaba si podía dejar con nosotros a su hijo dormido.

Incluso ahora me pregunto qué pasará si el autoestopista vuelve.

He escuchado mil veces *Famous Blue Raincoat* de Leonard Cohen, su canción más triste, la más bella, en forma de carta escrita a medianoche, a finales de diciembre, a un viejo amigo. Son las cuatro de la mañana en Nueva York, la ciudad duerme en torno a él y Cohen le pide noticias a su viejo amigo. Quiere saber cómo le va. Le dice que está pensando en la noche en la que él y Jane estuvieron a punto de irse juntos. Lo llama su asesino, su hermano. Le dice que lo perdona. Le da las gracias por lo que Jane y él han vivido. Y le hace esa declaración que pocos poemas igualan en belleza, en precisión, en conciencia de la caducidad de las cosas de este mundo: Me alegro de que te cruzaras en mi camino. Palabra de viajero. Palabra de asiduo de las carreteras, de las encrucijadas, de los encuentros. Palabra de verdadero enamorado de la vida, agradecido a las sorpresas que nos reserva.

Escucho a Cohen y pienso en el autoestopista. Me pregunto dónde vive. Si está solo. Si es feliz.

Me juro que, si regresa, actuaré con la misma elegancia. En la canción de Cohen la guitarra es pausada, las palabras son sencillas. Algunos biógrafos dicen que el amigo del famoso abrigo azul existió, que realmente tuvo una historia de amor con Jane. Otros piensan que no es más que el *alter ego* de Cohen, una figura de su juventud, de sus años como vagabundo. Que desde el principio hasta el final el cantautor solo se habla a sí mismo. Al hombre que ya no es y que vuelve a ver con una mezcla de ternura y desafío. Sostienen que el hombre del abrigo azul y Cohen son solo uno.

45

Y luego, hace dos semanas, me llegó este correo electrónico, enviado desde una dirección desconocida.

Queridas amigas, queridos amigos, espero que estéis disfrutando de un hermoso verano. En el curso de los últimos años, todos me habéis llevado a bordo al menos una vez. Hemos pasado juntos un momento, a veces unos minutos apenas, a veces varias horas, varios días con algunos, que se convirtieron en amigos. Tengo fotos de todos vosotros guardadas en un cajón. Vuestros rostros están acostumbrados a tocarse. Sois como una segunda familia para mí, la familia de los automovilistas que un día me ayudaron. Vivís por toda Francia, en la Lorena, en Provenza, en Bretaña, en las Landas, en la región de París, en Auvernia... Hace mucho tiempo que sueño con que os conozcáis. He descubierto un punto de encuentro ideal: el pueblecito de Camarade, en Ariège. Os propongo que vengáis este fin de semana. Hará buen tiempo. Traed vuestras tiendas de campaña, vuestros sacos de dormir, vuestros jerséis y vuestros impermeables por si llueve. Venid en autostop, en furgoneta, en autocaravana, en utilitario, en autobús, en descapotable, en moto, a pie, en bicicleta, como os apetezca. Traed bebida y comida. Y a ver qué pasa, ¿no?

Cliqué inmediatamente en la pestaña «Responder al remitente», escribí rápidamente unas líneas, como si cada instante contase, como si adivinase que el lazo tendido no tardaría en romperse, preguntándole al autoestopista dónde estaba, qué tal le iba, a qué número podía llamarlo. Le dije que nos acordábamos de él.

Mi correo electrónico me llegó de vuelta con un mensaje de error.

Releí su mensaje. Releí la dirección desde donde había sido enviada la invitación: weekendacamarade@nolog.org. Cliqué en la ventana de direcciones en copia, para ver el número de destinatarios. Vi que aparecían cientos de nombres.

Sacha, dijo Marie en ese momento, desde su despacho en el primer piso.

¿Tú también has recibido su correo electrónico?

No es posible responder. La cuenta ya no existe.

Lo sé.

El sábado nos subimos los tres al Clio con noche cerrada.

Amaneció cuando pasamos a la altura de Narbona.

Todavía somnolientos, vimos los primeros rayos de sol centellear en la laguna de Leucate, guiñando un poco los ojos, para atenuar el deslumbramiento del sol naciente en toda aquella masa de agua. Pensé lo mismo que había pensado al llegar a Orion el año pasado: Si estoy aquí es gracias a él. Si estamos los tres en coche al amanecer, contemplando este esplendor, es porque él nos ha empujado a hacerlo.

Pasamos Carcasona, salimos de la autopista en Bram y enfilamos hacia los Pirineos. Agustín iba dormido en el asiento de atrás. Los campos de maíz estaban muy altos en estos parajes, adivinamos el grano amarillo bajo la barba de las panochas desgreñadas, era el mes de agosto, por la mañana temprano, bajo un sol ardiente, los aspersores giraban cansinos sobre los campos desde hacía semanas.

Nos metimos por una estrechísima carretera provincial. Recuperamos el frescor de los árboles, el olor a humus del sotobosque, la sombra de los castaños y los imponentes robles. Pasado Le Mas-d'Azil, la carretera se estrechó todavía más y ya no encontramos ninguna población, ni nos cruzamos con ninguna otra vida que la de las raras vacas como olvidadas allí en plena naturaleza.

Por fin, en una encrucijada vimos el nombre en un letrero: «Camarade, 1 km». El pueblo apareció enfrente, encaramado en el cerro: unos pocos tejados de teja del país, agrupados en torno a un campanario que sobresalía apenas de los árboles. Penetramos bajo la cubierta de castaños y nogales, vimos el camino cerrarse todavía más, la bóveda de ramas bajarse como si fuese la última defensa que vencer: un bosque, pero no de espinos, como en los cuentos, sino simplemente de clorofila, de hojas, de savia.

No pudimos alcanzar el alto del cerro. Enseguida encontramos un auto aparcado en la cuneta, cuya matrícula ostentaba el 83 del departamento de Var. Luego otro, justo delante, con el 20 de Córcega. Y docenas de coches procedentes de distintos departamentos, de Ille-et-Vilaine, de Essonne, de los Altos del Sena, del Jura, del Norte, de Ardèche, de Gard, de Sarthe —vehículos de todos los tamaños y todas las épocas, aparcados al borde de la carretera en una larga fila ininterrumpida. Una ranchera procedente de Lozère. Una Kangoo de Puy-de-Dôme. Una familia completa venida del Loira Atlántico en monovolumen... Aparcamos y Agustín bajó del coche al encuentro de otros dos niños que se bajaban de una autocaravana de los Alpes Marítimos.

Arriba, había ya unas cien personas, mirándose, dándose la bienvenida. Había gente de todas las edades, de todos los medios y estilos vestimentarios. Hombres, mujeres, niños. Desde gente ostensiblemente rica hasta personas visiblemente modestas. Se notaba que algunos habían llegado hacía rato, ataviados con ropa veraniega, camisetas ligeras, sandalias y un vaso o una lata de cerveza en la mano. Otros, por el contrario, recién llegados como nosotros, todavía cargados de bártulos —sacos de dormir, ensaladeras, botellas o neveras portátiles—, se acercaban tímidamente a los más experimentados, los saludaban, preguntaban dónde poner las cestas de comida. Había manteles desplegados en la hierba. Un fuego anunciaba parrilladas. El pueblo era minúsculo, un villorrio de una calle, diez casas a lo sumo, algunas abandonadas. Solo ante la entrada de un par de casas se veían macetas de flores, juguetes infantiles desperdigados, una bicicleta, ropa tendida.

Miré a Marie. Estaba como yo, perdida, mareada. Busqué a Agustín con la mirada. Lo encontré agachado en un rincón con los dos niños que había conocido un poco antes. Machacaban guijarros bajo una morera, aplastándolos bajo una piedra enorme que elevaban entre los tres, antes de dejarla caer cada vez a dos dedos de sus nudillos, muertos de risa.

Caminé hacia la modesta placa que servía de monumento a los caídos. Leí seis nombres. En memoria de André Chaubet, Alberto Fajardo, Jean Géraud, Jean-Marie Gros, Moïse Sigler y Roger Thévenain, muertos por Francia. Seis muertos para una aldea que nunca debió de tener mucho más de veinte habitantes. Un récord de sacrificados.

Me quedé mirando los rostros a mi alrededor. Me hacía gracia leer en todos ellos la misma expresión vagamente eufórica, la misma vaga estupefacción por estar allí, simplemente allí, llegados allí por el mismo capricho. La misma incredulidad de *haberlo hecho,* de haber aceptado una invitación lanzada al viento por un tipo recogido un día al borde del camino. De haberlo dejado todo plantado durante un fin de semana y haber conducido cientos de kilómetros solo con este propósito: estar disponibles para eso.

Pensé que los conocía a casi todos. Que no había ninguno, o casi ninguno, que no hubiese visto al menos una vez, en una u otra foto tomada por el autoestopista.

En ese momento una chica de unos treinta años se acercó a estrechar la mano de Marie.

Hola, dejad que me presente, soy Julie. Vivo aquí con mi compañero Nicolas.

Su voz era enérgica, acogedora.

No nos avisaron, pero esto es genial, nos han contado por qué estáis aquí, sed bienvenidos. Simplemente tratamos de organizar un mínimo las cosas.

La seguimos por la aldea, pasamos viejos establos medio derruidos, dos o tres chasis de tractores. Llegamos al pequeño cementerio construido en lo alto de la aldea. Seguimos subiendo hasta llegar a un prado. Allí la hierba era abundante, suave, acogedora. Había unas cincuenta tiendas ya montadas. Agustín sacó la nuestra, nos ayudó a Marie y a mí a montarla en unos minutos. Clavamos las piquetas en el suelo mullido, tensamos los vientos para que las paredes de nailon ofreciesen menos agarre a la humedad.

¿Vendrá papá?, preguntó Agustín.

Marie quiso hacerle una caricia antes de responder, pero él se apartó, sin preguntar nada más. Se contentó con bajar de nuevo la pendiente para ir a jugar con sus nuevos amigos.

Una vez abajo, nos encontramos con una pareja un poco mayor que reconocí de lejos: Josiane y Robert, cuya autocaravana había aparcado inesperadamente frente a nuestra casa, un año antes, en V.

Esperábamos encontraros, dijo Josiane abrazándonos. ¿Y Agustín?

Señalé la explanada.

Ha hecho amigos.

Nosotros hemos hecho nuevas dependencias en la caravana, se rio Robert. Le van a encantar.

El fin de semana pasó rapidísimo. Demasiado. El autoestopista no apareció. Al principio, lo busqué como los demás, mirando a todos los recién llegados. Y luego comprendí que no vendría. Miré la multitud de desconocidos que ya no lo eran del todo unos para otros. Cientos de rostros asombrados, felices, vencida ya la sorpresa y timidez iniciales, únicamente ocupados en charlar, en divertirse y disfrutar del momento. Miré a todos aquellos hombres y mujeres unidos por él y de repente lo supe, se me presentó como una evidencia: por supuesto que no, no iba a venir. De ningún modo querría convertirse en el centro de un acto como aquel.

Dejé de esperarlo. Me limité a dejarme llevar por la fiesta.

Por la tarde, Nicolas y Julie nos llevaron a todos a nadar en el río, a una hora de camino. La columna se puso en marcha, viejos y jóvenes mezclados, melenudos y calvos, bronceados y paliduchos, deportistas y sedentarios, vestidos y ligeros de ropa. Caminamos durante una hora. Llegamos a la orilla de un agua verde, mineral y helada. Agustín se me subió a horcajadas a la espalda. Entré en la corriente hasta las rodillas, luego hasta la cintura. Entonces me dejé ir, llevando a Agustín conmigo. Él gritó. Nadamos juntos hasta una gran roca, trepamos y grité un hurra al coronar la cima. Vi a Marie desnudarse a su vez, dejando puestas solo sus braguitas, bucear para unirse a nosotros, sus pequeños senos adorablemente blancos entre los árboles y las rocas. Nadó hacia nosotros con rápidas brazadas, el pelo brillante, chorreando, y una gran sonrisa en la cara. Se puso de pie en la roca a nuestro lado, apretándose a mí. Fresca. Firme. Extraordinariamente bella.

Por la tarde hubo parrilladas, partidas de petanca y bádminton, canciones. Agustín sacó el ajedrez, jugó durante una hora larga con Géraldine, una amiga de Julie, muy cerca del fuego, bajo nuestra mirada, medio asados todos por las brasas. Una chica se puso a tocar el banjo. Nos dijo que se llamaba Jessica, que venía del norte de Canadá, que había llevado al autoestopista a bordo de un pequeño coche de alquiler, un día de julio, por los castillos del Loira. Noté que Marie la miraba, que se preguntaba como yo si había habido algo entre ellos. Luego, también como yo, Marie despejó esa idea con el dorso de la mano. Decidió que este tipo de preguntas ya no importaban. Que quizá no habría debido hacerlas nunca.

Cayó la noche y bajó la temperatura. No queríamos alejarnos del fuego.

Aquí tenéis unas mantas, dijo Julie pasando entre las siluetas que permanecíamos allí.

Agustín se durmió en mis rodillas. Marie se apretó contra mí. Me tendí. Vi las innumerables estrellas moverse lentamente sobre nosotros. Algunas desaparecían poco a poco tras los árboles. Otras surgían en la otra punta del cielo.

Fijaos, se ven las Pléyades, dijo alguien cerca mí.

Reconocí la voz de Géraldine, tumbada cerca de Julie. Busqué el punto del cielo negro que indicaba. Reconocí el conjunto de estrellas agrupadas que me había mostrado Souad, la famosa noche que nos había invitado a cenar.

¿Y eso qué es?, preguntó Géraldine, señalando tres puntos brillantes, justo al lado.

Es Orión, respondió Julie. El cinturón de Orión. Y su torso, justo encima. El extremo creciente de su arco. Pronto veremos también sus piernas. En invierno se ve desde las diez de la noche. Pero en verano hay que esperar.

Busqué los puntos brillantes que indicaba hasta encontrarlos.

Esperamos. Vi las últimas estrellas de Orión subiendo una a una desde detrás de los árboles. Entonces se me apareció la silueta del gigante. Abrazando todo el cielo, reuniendo las estrellas que hasta ese momento me habían parecido sembradas al azar.

Ahora lo vemos completo. Es raro verlo tan bien.

Pensé en nosotros, reunidos allí durante un fin de semana. Venidos contra todo pronóstico para reunirnos allí, en la cumbre de aquellas colinas perdidas. Me pareció extraordinario que en todas partes vivan hombres y mujeres. Que en todas partes las hogueras los unan. Que en todas partes estén bajo el cielo leyendo las estrellas, buscando a Orión, encontrándolo por encima de ellos.

Pensé en el autoestopista. En sus brazos capaces también de contenernos a su manera. De abrazarnos, incluso a distancia. Me pregunté dónde estaría. Partido para perderse en qué inmensidad.